# 사는 게 맛있다

스물세 명 저자들이
이 책의 인세 전부를 푸르메 재활전문병원 건립기금으로
기부합니다.

## 푸르메재단은 재활전문병원 건립을 추진하고 있는 비영리공익재단입니다.

매년 30만명이 넘는 사람들이 교통사고와 질병 등 후천적인 이유로 장애인이 되고 있습니다. 하지만 이들을 수용할 수 있는 병상은 전국을 통틀어 4000개에 불과한 실정입니다.
장애환자의 재활치료는 시간과 정성이 시간이 필요하기 때문에 영리 목적의 기관에서 운영되기 어렵습니다. 사회적 냉대속에 장애가 '개인적인 불행'으로만 여겨지고 있습니다.
푸르메재단은 개인과 기업, 정부와 지자체의 후원과 참여로 땅을 밟을 수 있고, 환자가 중심이 되는 아름다운 재활전문병원 건립을 추진하고 있습니다.

● 푸르메재단 02)720-7002 www.purme.org ●

# 사는 게 맛있다

푸르메재단 엮음

# 차례

추천의 글 절망 속에서 희망을 구하는 사람들 · 김수환 추기경 _ 006

감사의 글 사랑은 나눌수록 커집니다 · 김성수 _ 009

## 1부 첫 번째 이야기 _ 꿈

1. 우리 모두의 숙제 · 김혜자 _ 017
2. 다시 꿈을 꾸게 되기까지 · 강원래 _ 025
3. 엄마의 마지막 유머 · 박완서 _ 035
4. 콩알만큼의 희망 · 장영희 _ 044
5. 사는 게 맛있다 · 이지선 _ 050
6. 참된 소유와 세상을 위한 헌신 · 강지원 _ 059
7. 나눠 갖기에 참 좋은 '희망' · 김혜자 _ 065
8. 희망은 저만치 · 박원순 _ 074

## 2부 두 번째 이야기 _ 희망

1. "괜찮아요. 잘린 다리는 다시 자라나요." · 김용해 _ 085
2. 마음의 태로 낳은 아이들 · 신주련 _ 096

3. 가난한 종지기 동화작가 · 김영현 _ 104
4. 우리가 사랑하는 법을 배워요 · 박희경 _ 112
5. 49살 이모와 19살 조카가 사는 법 · 방귀희 _ 120
6. 완강한, 너무도 완강한……. · 고정욱 _ 129
7. 내 인생의 두 스승 · 이일영 _ 138
8. 그 사소한 생각 하나의 차이 · 성은주 _ 147

## 3부 세 번째 이야기 _ 용기

1. 롯데월드 지하광장 아저씨 · 김영현 _ 159
2. 내게 주신 막내아들 · 정종화 _ 170
3. 수호천사 · 이정식 _ 181
4. 크리스마스 바구니 · 백경학 _ 189
5. 참회와 봉사 · 원택스님 _ 196
6. 연약함의 신비를 깨닫게 해준 사람들 · 옥한흠 _ 206
7. 분홍 솜사탕 · 서순원 _ 214

추천의 글

# 절망 속에서 희망을 구하는 사람들

"우리의 도움을 구하는 이에게 복이 있나니, 우리에게 가장 필요한 것은, 필요한 존재가 되는 것이므로."

위 문장은 누가 썼는지 모르는 장애우를 위한 산상수훈이란 시의 한 구절입니다. 나는 이 감동의 시를 읽으며 깊은 명상에 잠겼습니다. 그렇습니다. 누군가에게 필요한 존재가 된다는 것은 축복입니다. 누군가가 자기를 필요로 할 때 거기에 있어준다는 것도 축복입니다. 둘 다 쉬운 일은 아니기 때문입니다.

이 사회 곳곳에는 우리의 손길을 절실히 필요로 하는 사람이 많이 있습니다. 바로 '장애'라는 불행으로 정신적·육체적 고통을 겪고 있는 사람들입니다. 이 불행은 어느 날 갑자기, 예고도 없이 찾아옵니다. 인기 가수 강원래 형제가 그랬고, 재기발랄한 여대생 이지선 자매도 그랬습니다. 선천성인 경우 그 불행의 깊이는 헤아릴 수 없습니다.

그들을 향한 우리의 손길은 온유해야 합니다. 온유는 따뜻함과 부드러움입니다. 따뜻함과 부드러움을 모두 갖춘 것 중 으뜸은 무엇일까요. 아이를 바라보는 어머니의 눈빛, 바로 사랑입니다. 사랑은 온유합니다. 그러므로 우리가 그들을 향해 내민 손길은 동정이나 희생이 아니라 사랑이어야 합니다.

이런 사랑 어떻게 가능할까요. 그들이 다쳤을 때 달려가 돌봐주기도 어렵습니다. 그러나 다친 그들을 어딘가에 꼭 필요한 존재로 만들어주기는 더욱 어렵습니다. 용기와 인내, 헌신이 필요하겠지요. 이런 것들은 '네 이웃을 내 몸과 같이 사랑할' 때만 가능할 것입니다.

나의 것을 여러 이웃들에게 나누어 줄수록 사랑은 커집니다. 그렇게 커진 사랑이 상처를 아물게 하고, 그 자리에 희망의 싹을 틔웁니다. 이 책《사는 게 맛있다》는 바로 나눌수록 커지는 사랑과 그 힘으로 자라나는 희망 이야기입니다. 절망 속에서 희망을 희구하는 사람들, 최전선에서 묵묵히 사랑을 실천하는 사람들에게 한줄기 빛이 되기를 간절히 기도합니다.

김수환

(한국 가톨릭교회 추기경)

감사의 글

# 사랑은 나눌수록 커집니다.

얼마 전에 참으로 감동적인 뉴스를 접했습니다. 자폐라는 장애를 딛고 당당히 세계대회에서 금, 은, 동메달을 휩쓸고 세계신기록까지 세운 김진호 군은 우리에게 큰 감동을 주었습니다. 영화 〈말아톤〉의 주인공 배형진 군도 우리에게 얼마나 큰 감동을 주었습니까. 이들은 우리에게 자랑스러움과 진정한 용기가 무엇인가를 일깨워줍니다.

이 두 청년 뒤에는 어머니의 눈물겨운 인내와 노력이 있었습니다. 자식의 장애 앞에 굴복하지 않고 결국에는 세상에서 가장 자랑스러운 아들로 키워냈습니다. TV에서,

영화에서 이들의 모습을 보고 이 땅의 많은 장애인들은 말로 다 할 수 없는 기쁨과 희망을 가지게 되었을 것입니다.

강원래 역시 자랑스러운 이름입니다. 한 순간의 사고로 장애를 갖게 됐지만 강원래는 절망 속에 주저앉지 않고 우리 앞에 다시 우뚝 섰습니다. 휠체어를 타고 말입니다. 휠체어로 춤을 출 수 있고 휠체어 댄스가 그렇게 아름다울 수 있다는 것을 강원래를 통해 알았습니다. 그가 다시 서기까지 겪었을 고통을 알기에, 그리고 그 뒤에는 아내 김송 씨의 헌신적인 사랑이 있었기에 더 큰 박수를 보냅니다. 그것은 정말 아무나 할 수 있는 일이 아닙니다. 피아니스트 이희아 씨는 네 손가락으로 감동을 연출합니다. 손이 붓고 피가 났지만 그는 그 많은 고통을 견뎌내고 어느 열 손가락보다 감동적인 선율을 선사합니다. 이 아름다운 피아노 연주 뒤에도 역시 어머니의 눈물과 기도가 있습니다.

주위에서 관심을 기울이고 교육과 육성에 힘을 쏟는다면 세계 무대에 나가서 금메달을 딸 제2의 김진호, 제2의 배형진이 있을 텐데 무관심 속에 방치되고 있는 장애인들이 많습니다. 사회 전체가 어머니가 되고 가족이 되어서 이분들의 짐을 덜어드려야 합니다.

푸르메 재활전문병원과 같은 장애인을 위한 시설에서 재활치료와 재활·직업교육을 실시하고 나아가 취업을 통한 독립까지 우리 모두가 함께 나서서 도와야 합니다.

헌신이라는 것이 꼭 자기 자식을 위해서만 하는 것이 아닙니다. 몸이 온전치 않은 입양아를 위해 온 가족이 헌신하며 사랑을 키워가는 평범한 가족의 이야기, 이역만리 아프리카 땅의 헐벗고 굶주린 아이들을 위해서 흘리는 김혜자 씨의 눈물 등 이 책에는 많은 감동이 담겨 있습니다.

사랑은 나눌수록 커진다고 합니다. 이 책에 담긴 감동적인 이야기, 아름다운 감동들이 널리널리 퍼져나가길 바랍니다.

바쁘신 중에도 소중한 이야기를 글로 써주신 스물세 분의 작가들과 이런 아름다운 이야기들을 모아 책으로 엮어주신 이끌리오 출판사 여러분께도 감사드립니다.

김성수
(푸르메재단 이사장)

1부

첫 번째 이야기

# 꿈

# 우리 모두의 숙제

김혜자

큰 토끼풀만 한 크기의 꽃입니다.

꽃잎이 다섯 장으로 꽃대하나에 꽃과 봉오리들이 줄줄이 달려 있는, 체리빛과 흰빛의 꽃이 한 나무에 같이 피는 꽃입니다.

그 꽃은 들에 무더기로 피어 있습니다. 참으로 사랑스럽고 연해 보이는 꽃이에요. 그 꽃을 꺾으려면 잡풀더미 속에 피어 있기 때문에 뱀에 물릴 수도 있고, 잎사귀에 개미가 수없이 붙어 있기 때문에 꺾으면 얼른 많은 잎사귀들을 떼어내야 하고 바지에 붙은 개미는 발을 구르고 뛰어서 털어내고 꽃들은 얼른 물에 흔들어 혹시 붙어있을 개미를 떨어지게 해야 합니다.

그리고 빈 생수병을 반으로 잘라서 듬뿍 꽂아 놓으면 초라하던 방 안은, 금세 들꽃의 향기와 함께 다른, 더 무엇이 필요 없는 공간이 됩니다. 그리고 나는 행복해집니다.

이 꽃의 이름이 뭐냐고 하니까 몇 사람이 꽃이라고 합니다. "아니, 꽃 이름이 뭐냐구요" 하면, "그냥 꽃이에요." 해요.

꽃은 그냥, 모두, 꽃인 나라가 있습니다.

먹는 것에는 모두 이름이 있으면서 꽃은 모두 그냥 꽃인 나라.

서아프리카의 라이베리아. 14년 동안 내전을 치른 나라입니다. 전쟁은 1년 반 전에 끝났습니다. UN평화유지군이 들어와 있고 누군가가 교회에 불을 질러 2명이 사망하고 통행금지가 6시가 되기도 하는, 아직도 무기 회수가 다 안 된 나라입니다.

그래도 수선화 같은 꽃이 커다란 나무에 줄줄이 매달려 있고, 이름 모를 빨간 꽃들이 만개한 커다란 나무들이 줄지어 서 있고 북대서양이 끝없이 펼쳐진 아름다운 자연을 가진 나라입니다.

외국인이 찍은 쿠데타 당시 다큐멘터리 필름 속엔 소년

병들이 사람의 심장을 꺼내들고, 난 이걸 먹고 더 용감해질 거야, 라고 외칩니다. 커다란 구덩이에 죽은 사람들을 던지는데 3살쯤의 어린아이 시체를 마치 죽은 닭의 날갯죽지를 잡듯 아이의 팔만을 잡고 구덩이까지 가서 겹겹이 쌓인 시체 위에 아이를 던지고 아이의 얼굴 위로 흙을 끼얹는……. 아이는 자는 것 같았습니다. 고통으로 일그러졌다면 더 슬펐을까요? 흙으로 완전히 얼굴이 안 보일 때까지 천천히 돌아가게 했더라고요.

전쟁만 14년을 치룬 나라엔 먹을 것도, 마실 물도, 약도, 없습니다.

가슴께에 조그맣게 난 상처를 그냥 두어서 곪고 그것은 점점 커져 가슴이 다 썩어 미라 같이 꼼짝 못하고 누워 있는 여자. 목을 이리 돌리면 고름이 쏟아지고 가슴 한쪽을 누르면 피부가 터지고 고름이 쏟아지고, 한쪽 젖가슴은 저 혼자 썩다가 벌건 딱지가 앉은 32살의 여자, 봉사하러 간 의사분이 가위로 가슴살을 찢고 고름을 한없이 짜내고, 살가죽 사이로 손을 넣어 알코올로 깨끗이, 깨끗이 닦아주고 아랫도리에 엉켜 붙은 오물도 땀을 뻘뻘 흘리며 다 닦아주고, 정말 의사는 저런 모습이구나 하는 생각을 내게 가르쳐주고, 항생제 하나가 없어 이 젊고 아름다운 여자는 생살을 종이 자르듯 가위로 찢어도 아픈 줄도 모르고 시체처럼 누워 있습니다.

한쪽 발목이 다 썩은 9살의 소녀, 벌레가 살짝 꼬집듯 물었을 뿐인데 그 지경이 되어 두 손으로 걸어다니며, 엄마가 전쟁통에 죽었기 때문에 식량을 구하러 간 식구를 위해 집안일을 모두 해야 하는 기막힌 9살. 다리를 절단할 수밖에 없는, 그것도 의료봉사팀이 갔기 때문에 가능했던.

항생제 한 알로 다스릴 수 있었던 조그만 상처를 그냥 방치해 다리를 잘라야 하고, 의사의 피눈물나는 기도의 치료를 받았어도 물을 한 모금 삼키고 손을 조금 움직이는 것이 내가 당신 때문에 몸이 깨끗해져서 죽어요, 하는 감사의 표시였던 그 여자의 순간의 눈빛, 가슴이 다 썩었는데도 그 더럽고 무더운 돼지우리 같은 곳에서 구더기도 생기지 않고 마치 자기를 깨끗이 해줄 누군가가 올 때까지 기다렸던 것 같던 그 여자. 그 흔한 항생제 한 알이 없어서!

이 가난한 나라에는 기형의 환자도 많습니다. 등허리에 주먹만 한, 달걀만 한, 메추리알만 한 뼈들이 열 개쯤 솟아 있습니다. 머리 뒤통수에도 두 개나 나와 있었어요. 그래서 오른쪽 목이 마비되어 고개를 돌리려면 온몸을 돌려야 하는, 목에 힘이 들어가 마치 깡패두목 같은 모양이던 잘생긴 11살의 소년. 그런 모양으로 태어났는지 자라면서 생겨났는지는 모르지만 그 뼈들이 장기들을 짓누르기 시작하면 오래 살 수도 없는, 제 뜻대로 할 수 있는 일이라곤 두 눈동자를 마음대로 굴릴 수 있는 것뿐. 서울로 데리고 와도 별수가 없다는 흔치 않는 장애를 가진 이 가엾은 소년.

이 소년을 위해 할 수 있는 일이라곤 먹고 싶어 하는 것 실컷 사 먹이라고 얼만가를 주는 것밖에는 없었습니다.

아프리카 아이들의 눈동자는 새까만데 파랗게 생겨가지고 앞으로 튀어나온 소녀. 그냥 두면 한 쪽 눈마저 실명한다는데, 수술비가 500불이라는데, 그게 없어서 앞 못 보는 장애인이 될 아이. 하지만 그 소녀는 수술을 받았고 그래서 감사했고.

전쟁통에 다리를 잃고서도 치료 한번 받아보지 못하고 아물어버린, 끊어진 허벅지 자리가 밀가루 반죽을 오므려 놓은 것 같던 6살짜리 여자아이, 피가 쏟아지지 못하게 묶었던 자리일까요?

이 나라에는 교통사고 같은 것으로 장애인이 된 사람은 흔치 않습니다. 저녁으로 먹을 죽을 끓이는 냄비에 엎어져, 귀로부터 등허리, 팔, 몸 한쪽이 거의 오그라 붙은 까만 딱지로 뒤덮인 소년의 등. 그 딱지를 떼어내는데도 그냥 짐승 같은 으으으음— 소리만 내며 눈물이 볼 옆으로 흐르던 아이, 차마 그런 아들을 보지 못하고 고개 숙이고 울기만 하던 엄마.

모두가 가난해서, 전쟁으로 인해서, 그 나라에도 병원은 있지만, 갈 형편이 못 돼서 그렇게 되어버린 아이들, 어른들, 그 흔한 항생제 한 알이 없어서 그렇게 되어버린 사람들이 사는 나라.

누군가 아프리카는 세계인의 숙제라고 하더군요.

우리나라는 부자도 선진국도 아니지만 시내 한복판에 콘크리트로 된 병원이 아니라, 흙과 잔디를 밟을 수 있는 장애를 가진 분들을 위한 병원이 생긴다니 이제 선진국이 되려나 봅니다. 반갑고 감사한 소식입니다.

**"장애인들을 위한 산상수훈"** 〈작자미상의 시〉

어눌하고 더듬거리는 이야기에 여유를 갖고 찬찬히 들어주는 이에게 복이 있나니, 포기하지 않고 끝까지 말을 하면 우리도 소통할 수 있다는 것을 알게 해주었으므로.

우리와 함께 거리를 걸으며 낯선 이들의 시선에 아랑곳 않는 이에게 복이 있나니,
당신과 함께 함으로 우리가 마음 놓고 쉴 수 있는 안식처를 찾았으므로.

우리에게 결코 '서두르라' 고 말하지 않는 이에게 복이 있나니,
그리고 우리가 하던 일을 낚아채어
대신 해주지 않는 이에게 더 큰 복이 있나니,
우리에겐 도움이 아닌 시간이 필요할 때가 많으므로.

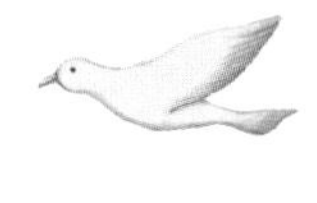

우리가 새로운 모험을 시도할 때
곁에 있어주는 이에게 복이 있나니,
우리가 우리 자신을 그리고 당신을 놀라게 만드는 순간들이
우리의 실패를 덮어주므로.

우리의 도움을 구하는 이에게 복이 있나니,
우리에게 가장 필요한 것은, 필요한 존재가 되는 일이므로.

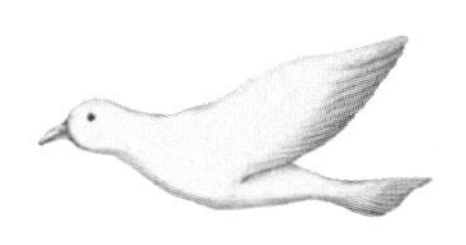

이 모든 것들을 통해 우리에게
확신을 주는 이에게 복이 있나니,
우리들 각각의 존재를 이루는 것은
우리의 괴상한 근육이나 손상된 신경조직이 아니라
어떤 병으로도 제한받지 않는
신이 주신 우리의 본질이므로.

이 시가 저에게 많은 가르침을 줍니다.

김혜자 경기여고와 이화여대를 졸업하고 1962년 KBS 1기 탤런트로 방송에 데뷔. 〈전원일기〉〈겨울안개〉 등을 비롯한 TV드라마 80여 편과 다수의 연극, 영화에 출연했다. 여성신문사의 페미니즘상, 광고주가 뽑은 좋은 모델상, 배우로서는 처음으로 위암 장지연상을, 아시아 최초로 엘리자베스 아덴사에서 주는 비저블 디퍼런스 어워드를 수상했다. 12년여 간 국제구호기관 월드비전 홍보대사를 역임하며 경험과 단상을 모은 에세이집 《꽃으로도 때리지 말라》를 펴냈다.

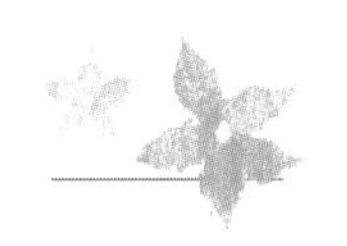

# 다시 꿈을 꾸게 되기까지

강원래

2000년 11월. 사고가 나기 전까지 나는 세상에 부러울 것이 없었다. '꿍따리 샤바라' 이후 내놓는 곡마다 히트였고, '클론'의 인기는 우리나라를 뜨겁게 달군 것으로도 모자라 바다 건너 대만까지 뒤흔들고 있었다. 그야말로 돈과 인기를 거머쥔 인생의 황금기였던 것이다.

그러나 중앙선을 침범한 자동차 한 대에 의해 나의 인생은 누구도 예상하지 못하던 방향으로 추락하고 말았다. 가장 높은 곳에서 가장 낮은 곳으로 곤두박질하는 롤러코

스터처럼 나 강원래의 삶은 까마득한 암흑 속으로 굴러 떨어져 버린 것이다.

마취에서 깨어나 의식이 되돌아왔을 때 나는 몸이 예전과 같지 않다는 것을 깨달았다. 하지만 일시적인 현상이려니 했다. 그 믿음은 담당 의사로부터 다시는 걸을 수 없을 거라는 말을 듣고도 깨지지 않았다.

'누구보다 건강한 내가, 열심히 살아온 내가 두 번 다시 걸을 수 없다니……. 말도 안 돼. 거짓말이야. 이건 꿈이야, 현실이 아니라구.'

'내일이면 괜찮아지겠지, 며칠 지나면 거짓말처럼 나아서 걸을 수 있을 거야.'

나는 되뇌이고 또 되뇌었다. 하지만 다 소용 없는 일이었다. 찌르면 피가 날지언정 털끝 만큼의 통증도 느낄 수 없는 내 가슴과 다리를 보며 난 차츰 두려움에 휩싸였다. 밝은 대낮과 내게 쏠리는 타인의 시선 앞에서는 애써 웃어 보이며 희망을 품었지만, 어둠이 찾아오면 타들어 가는 입술을 깨물며, 움직이지 않는 몸을 마음으로 부둥켜 안으며 난 통곡했다.

그렇게 시간이 흐르면서, 두려움은 분노로 변해 갔다.

나는 이렇게 두 다리를 못 쓰게 되었는데, 아무 일 없이 건강하게 걸어다니는 사람들을 보면 괜히 화가 났다. 그들이 건네는 관심과 친절도 곱게 받아들여지지 않았다. 힘내라며 주먹을 들어보이는 사람들의 격려, 안타까움이 섞인 위로조차 짜증이 났다.

'당신들이 뭘 알아. 내 마음을 백 분의 일, 아니 천 분의 일이라도 알겠어?'

지금 생각하면 진심으로 나를 걱정해서 다가온 사람들이었지만, 당시에는 그런 마음을 헤아릴 여유조차 없었다. 그래서 "강원래 씨, 힘내세요!"라고 격려하는 사람들에게 화를 내고 욕을 퍼붓기도 했다.

세상을 향한 불신과 분노는 재활 치료를 담당하는 의료진이라고 해서 비껴갈 리가 없었다. 사실 난 치료 과정에서 의료진에게 서운함을 많이 느끼고 있었다.

사고 직후 생사가 갈리는 대수술을 앞두고 있을 때였다. 간호사들끼리 수군거리는 소리가 들렸다.

"사인 받아야 하는데 마취할 시간이 다 됐네."

"그럼 그 전에 빨리 받자."

그들의 말은 내가 수술을 하다가 죽을지도 모르니 빨리 사인을 받아야 한다는 말인 것 같았다. 마음 깊은 곳에서 문이 쾅 닫히는 소리가 들려왔다.

그 후로 많은 의사와 간호사, 그리고 심리치료사들이 나의 재활을 돕기 위해 애를 썼지만 내 마음은 쉽게 열리지 않았다. 치료는 너무 기계적인 것으로 보였고, 격려는 가진 자의 오만한 동정으로 느껴졌다.

나중에 들은 얘기인데, 갑자기 사고를 당해 장애를 갖게 되는 사람이 재활하기까지는 네 가지 단계를 반드시 거치게 된다고 한다. 그 첫 번째 단계는 부정이다. 남은 평생 장애인으로 살아가게 된다는 사실을 믿지 않고 부정하는 것이다. 희망을 버리지 못하는 것이다. 하지만 머지않아 그 희망이 부질없는 것임을 깨닫게 되면서 부정은 분노로 바뀐다. 다른 사람은 다 괜찮은데 왜 나한테만 이런 일이 생기는가, 하늘도 땅도 사람도 모두 싫고 화가 나는 단계이다.

의료진조차 믿지 못하고 격려의 말에도 화를 내던 시기. 그 때가 내게는 분노의 단계였던 것 같다. 그렇게 분노의 시간이 흘러가면서 나는 점점 절망의 늪으로 빠져 들었다. 세 번째 단계인 좌절의 과정으로 접어들고 있었던 것이다. 모든 것을 포기하고 싶었다. 처음으로 죽음이란 것을 떠올렸다. 혼자 죽을까, 송이랑 같이 죽을까. 온통 죽음에 대한 생각으로 날마다 머리 속이 어지러웠다.

그런 내 모습이 어지간히 불안했던지 송이가 한 사람을 소개해 주었다. 어렸을 때 두 다리를 절단한 장애인이면서도 유럽 도보여행을 다닐 만큼 건강한 친구, 지금은 '바퀴

달린 사나이'로 더 유명한 박대운 씨였다.

박대운 씨를 처음 본 순간 나는 묘하게 마음이 열리는 것을 느꼈다. 두 다리 없이 휠체어를 타고 다니면서도 밝기만 모습에 마음이 움직였던 것일까? 게다가 박대운 씨는 지금까지 내가 만나온 어떤 사람과도 다르게 나를 대해 주었는데, 그런 태도에도 믿음이 갔다.

박대운 씨는 여느 사람들처럼 힘내라거나 다시 일어나라는 말 한 마디하지 않았다. 그 대신 내가 닥친 현실을 냉혹하게 일깨워 주었다.

"앞으로 평생 동안 휠체어를 타고 살아야 한다는 사실을 받아 들여요."

"어떻게 하면 휠체어를 잘 이용할 수 있는지 연구해 봐요."

"휠체어를 타고 어떤 일을 할 수 있는지 생각해 봐요."

박대운 씨의 충고는 그대로 내 가슴에 박혀 왔고, 나는 어느덧 휠체어 생각에 몰두하기 시작했다.

'휠체어를 타고 어떻게 편의점에 가지?'

'휠체어를 타고 어떻게 은행에 가지?'

'바닥에 물건이 떨어지면 어떻게 줍지?'

죽음만 떠올리던 내 머리 속은 이제 온통 휠체어 생각으로 가득 찼고, 박대운 씨를 통해 알게 된 장애인 친구들과 어울리기 시작했다. 마침내 재활의 마지막 단계인 수용의 과정으로 접어든 것이다.

사람들은 재활에 성공한 장애인들을 보고 '장애를 극복한 인간 승리'라고들 말한다. 하지만 그건 틀린 말이다. 장애는 결코 극복할 수 없다. 다만 수용하는 것이다. 장애인으로서의 삶을 수용하고 현실에 적응하는 것이 바로 재활인 것이다.

2001년 여름. 나는 드디어 병원을 떠나왔다. 사고 당한 지 6개월 만이었다. 나는 장애인으로서 삶을 받아들여 재활에 성공하고 싶었지만, 이런 나를 두고 주위 사람들은 여러 가지 말들을 한다.

"어느 날 사고를 당해 장애인이 된 평범한 다른 사람들과 그는 다르다. 강원래는 연예인이기 때문에, 많은 돈이 있기 때문에, 송이라는 헌신적인 존재 때문에 가능했던 결과이지 않은가."

라고.

모두 맞는 말이다. 연예인이기 때문에 좀 더 많은 관심을 받았고, 송이가 있어서 많은 힘이 된 건 사실이니까. 하지만 장애를 갖게 된 사람이 재활하는 데 있어서 가장 중요한 것은 자신의 태도가 아닐까 한다. 좌절의 단계에서 포기하지 않고 장애인으로서 삶을 받아들이려면 굳은 결심이 필요한데, 그것은 돈으로도 약으로도 얻을 수 없기 때문이다.

그런 면에서 나는 참 운이 좋았다고 생각한다. 나는 본래 타고난 성격이 현실적인 편이다. 끈기나 집요함보다는 내 한계를 인정하고 어차피 안 될 것은 일찌감치 포기하는 성격인 것이다. 그래서 클론 시절에도 안 되는 춤이나 노래는 억지로 연습하지 않았다. 우리가 할 수 있는 만큼만 추구하지 결코 무리한 욕심을 부리지 않았던 것이다. 만일 내가 욕심이 많고 악착같은 성격이었다면 그렇게 빨리 재활에 성공하기 어려웠을지도 모른다.

그와 함께 좋은 사람들이 주위에 있었던 것도 나의 운이었다. 나만큼이나 괴로우면서도 늘 힘이 되어준 송이를 비롯해서 묵묵히 내 곁을 지켜준 원도 형, 언제나 함께 있어 소중함을 몰랐던 준엽이, 어딜 가든 내 걱정을 잊지 않는 록기, 그리고 누구보다도 큰 힘이 되어준 장애인 친구들과 부모님.

그들에게 보답하는 길은 나 강원래 본연의 모습으로 살아가는 것일 터이다. 그래서 나는 무대로 돌아왔다. 휠체어를 타고 가수 클론의 자리로 돌아온 것이다. 요즘 나는 또다시 새로운 꿈을 꾸고 있다. 클론의 모든 곡을 휠체어 댄스곡으로 만드는 것, 그리고 여전히 클론을 잊지 않고 있는 대만 팬들을 찾는 것이다.

언제부터인가 중도 장애로 걸을 수 없게 된 환자들에게 담당 의사들이 하는 말이 있다고 한다.

"당신은 강원래 씨와 같은 하반신 마비 증상입니다. 현대의학으로선 고칠 방법이 없습니다."

이 한 마디면 부정의 단계에서 머물던 환자들이 부질없는 희망을 버리게 된다고 하니, 나도 모르는 사이에 나 강원래는 중도 장애인의 본보기가 되어 버린 것이다. 그래서일까? 나의 어깨는 점점 더 무거워지고 있다. 이왕이면 절망에 빠진 중도 장애인들에게 좋은 본보기가 되고 싶고, 더욱 열심히 살고 싶다.

누군가 나에게 가장 절실한 꿈이 무엇이냐고 묻는다면 물론 다시 걷는 것이라고 생각할 것이다. 그러나 1%의 가능성도 안 되는 그런 희망보다는 나와 같은 장애인들이 좀 더 편안하고 당당하게 살 수 있는 사회를 꿈꾸고 싶다.

사고를 당하고 나서 미국에 가서 치료를 받으려 한 적이 있었다. 그런데 미국의 병원에서 일하는 한국인 의사가 오지 말라는 것이었다. 미국처럼 장애인 편의시설이 잘 갖추어진 나라에서 지내다가 한국으로 돌아가면 더 힘들 테

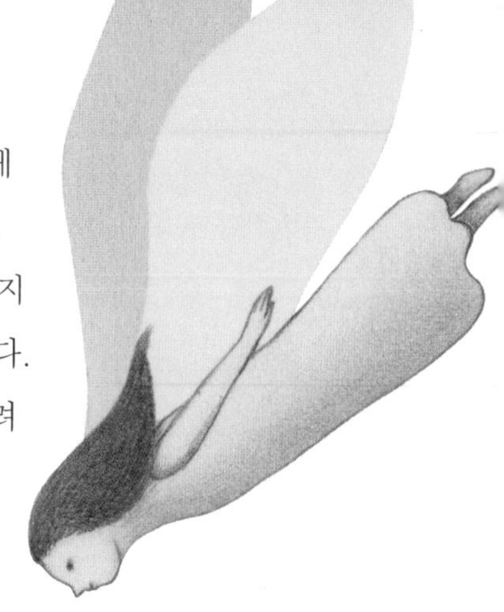

니, 한국에서 한국 실정에 맞게 재활 치료를 받으라는 얘기였다.

그만큼 우리 사회는 아직까지도 장애인에게 각박하기만 하다. 휠체어를 타고 외출이라도 하려면 겁부터 나는 현실이다. 여기저기 턱이 많아서 힘들기도 하지만, 무턱대로 휠체어를 밀어주는 것을 도움으로 착각하는 의식도 문제이다. 이제 국민소득도 높아지고 경제대국으로 발돋움하는 나라이니만큼 장애인 복지에도 힘을 기울여 달라고 말하고 싶다. 모든 길과 건물과 공공시설이 장애인을 배려하는 모습으로 바뀌고, 그래서 더 많은 장애인들이 마음껏 거리를 활보하면 좋겠다.

또한 어릴 때부터 장애인과 비장애인이 함께 어울려 생활하고 공부할 수 있어야만 자연스럽게 서로를 배려하는 방법을 터득할 수 있을 것이다. '이러이러해서 사실상 서로 불편한 점이 많으니 장애인은 그들을 위한 특수학교로 가는 편이 오히려 더 낫다'가 아니라 '이렇게 하면 장애인과 비장애인이 같이 학교를 다니고 같이 회사를 다닐 수 있지 않을까?'라는 인식의 전환이 필요하다.

지금처럼 장애인들이 반강제적으로 사회에서 고립되고 차별받는 사회가 아니라 '장애'라는 부분을 뛰어넘어 모두가 함께 교육을 받고 직업도 갖고 그래서 누구나 떳떳하게 자신의 힘으로 생계를 꾸려나갈 수 있는 사회, 건강한 사람이 두 발로 춤추는 것을 당연하게 여기는 것처럼 휠체어 탄 사람이 휠체어 댄스를 추는 것도 자연스럽게 여기는 그런 사회가 되었으면 좋겠다.

강원래 ✤ 1990년 '현진영과 와와'로 가요계에 데뷔했다. 1996년 구준엽과 함께 '클론'을 결성한 뒤 1집 〈Are you Ready?〉를 발표, 타이틀곡 '꿍따리 샤바라'를 통해 전 국민적인 인기를 얻었다. 2000년 11월 오토바이를 타고 가다 불의의 사고를 당해 하반신 마비가 됐다. 푸르메재단의 홍보대사로 위촉을 계기로 장애인 권익보호와 인식개선을 위해 활동하고 있다. 그는 2005년 여름, 클론의 5집 〈Victory〉로 컴백, 휠체어 댄스를 선보이며 무대로 돌아왔다. 2005년 데뷔 10년을 맞아 대규모 콘서트를 준비 중이다.

# 엄마의 마지막 유머

박완서

어머니는 90 장수를 누리셨지만 한 번도 망령된 말씀이나 이상한 행동을 하신 적이 없다. 그러나 돌아가시기 10여 년 전, 눈 위에 미끄러져 많이 다치신 적이 있다. 대퇴부가 크게 부서져서 두 번의 대수술 끝에 겨우 걸으실 수 있게 되었지만 한 쪽 다리가 짧아져서 심하게 절룩거리게 되었다. 어머니는 그걸 창피하게 여기셔서 거의 외출을 안 하시는 대신 집안에서는 틈만 나면 방에서 마루로, 마루에서 마당으로 왔다 갔다 걸음연습에 힘쓰셨기 때문에 의식이 있는 날까지 화장실 출입과 목욕은 혼자 하실 수 있었다. 의식을 놓고 혼수상태에 빠진 건 사나흘밖에 안됐는데 그 동안에도 간간히 의식이 돌아와 눈을 뜨시면 눈앞에 얼굴을 들이대고, 내가 누구냐고 묻는 문병객이나 식구들의 이름을 정확하게 알아맞히는 놀라운 정신력을 보여주셨다. 그런 어머니가 딱 한번 이상한 말씀을 하신 적이 있다. 아마 돌아가시기 하루 전쯤이었을 것이다. 우린 솔직히 이제나 저제나 그분의 임종을 기다리고 있을 때였다.

번쩍 눈을 뜨시더니 상체를 일으킬 듯이 고개를 드시고는, 당신의 발치를 손가락질하시면서 희미하지만 정확한 발음으로 '호뱅이, 네가 웬일이냐?' 하시는 게 아닌가. 어머니가 반기듯이 바라보시는 발치엔 물론 아무도 없었다. 나는 헛것을 보는 엄마의 상체를 다두거리며 '엄마는, 호뱅이가 어디 있다고 그래요?' 하려고 했지만 웃음 먼저 복받쳤다. 그 자리에 같이 있던 조카들이 호뱅이가 누구냐고 물었다. 예전에 시골집에 있던 머슴 이름이라고 했더니 할머니가 그 머슴 좋아했나? 라고 이죽대면서 역시 풋—하고 웃음을 터뜨렸고, 다들 따라 웃었다. 엄숙하고 침통해야할 임종 자리가 잠깐 웃음판이 되었다. 호뱅이라는 이름도 좀 코믹한데 어머니가 마지막 본 헛것이 호뱅이라니, 너무 엉뚱해 웃음밖에 나올 게 없었다. 쉽게 헛것을 볼 것 같지 않은 명증한 분의 임종의 자리에 나타난 헛것이라면, 그 분의 마음속에 애정이건 증오건 간에 맺혀있던 사람이어야 마땅하니까, 손자의 상상력도 무리는 아니었지만, 호뱅이를 아는 나는 짚이는 데가 있었다.

호뱅이가 우리 집 머슴이라고 했지만 실은 우리 마을의 머슴이었다. 그는 이십여 호 밖에 안 되는 작은 우리 마을에서도 한참 떨어진 고개 밑 외딴 집에서 늙은 어머니와 단 둘이 살았다. 마을 앞 넓은 벌은 이십여 호를 먹여 살리는 농지였고, 땅을 많이 가진 집도 있고 적게 가진 집도 있었지만, 큰 지주도 소작농도 없는 다들 그만그만한 자작농들이었다. 호뱅이네만 땅 한 뙈기 없었기 때문에 기운이 센 호뱅이가 품을 팔아서 노모를 부양했다. 시골선 아무리 늙은이라도 쉴 새가 없는데 그 노인네만은 늘 장죽이나 물고 오락가락했다. 병신

자식 둔 사람이 더 효도 받는다고 사람들이 수군거리는 걸로 봐서나, 어른 아이 할 것 없이 다들 그를 호뱅이라고 이름을 부르는 걸로 봐서나 약간은 모자라지 않았나 싶다.

기운은 장사였다. 우리 집은 아버지가 일찍 돌아가시고 삼촌들도 대처에 나가 있어 남자 일손이 딸리는 집이어서 아마 호뱅이를 제일 많이 썼을 것이다. 나도 예사롭게 그를 호뱅이라고 부르다가 삼촌보다 더 나이 들어 뵈는 그를 이름으로 부르는 게 문득 미안해진 건 아마 서울서 학교를 다니게 된 후였을 것이다. 방학 때만 보게 되는 스스러움과 학교 다니면서 익히게 된 예절 교육 덕으로 그를 이름으로 부르는 게 불편해졌다. 그러나 상하 위계질서 따지기 좋아하고, 호칭에 까다로운 우리 집 어른들도 호뱅이는 장

가를 못 갔으니까 그렇게 불러도 괜찮다는 식으로 대수롭지 않게 말했다. 결혼을 하기 전에는 어른 취급을 안 해주는 당시의 풍습 때문이기도 했지만, 이십여 호가 두 가지 성(姓)으로 구성된 씨족 마을에서 호뱅이는 어떤 성에도 소속이 안 되는 이방인이었다. 따라서 누구 형이라든가 누구 아저씨라는 식으로 바꿔 부를 만한 인척간의 호칭도 그에게는 해당이 안 됐던 것이다.

우리 집에서 호뱅이를 제일 요긴하게 쓸 적은 엄마하고 내가 시골집에서 방학을 보내고 서울로 돌아올 때였다. 서울서 힘들게 사는 우리를 위해 할머니는 뭐든지 싸주고 싶어 했고, 엄마도 될 수 있는 대로 많이 가져오고 싶어 했다. 쌀을 비롯한 올망졸망한 잡곡, 무, 배추, 감자, 옥수수

따위를 지게에 높다랗게 지고 앞서가는 호뱅이의 정강이는 구리 기둥처럼 단단했지만 얼굴 표정은 너무 착해서 모자라 보이는 건 사실이었다. 실제로 그의 노모가 마을 사람들에게 애걸복걸 중신을 부탁해서 장가도 몇 번 안 가본 건 아닌데, 여자들이 하나같이 열흘을 못 살고 도망쳤다는 소문이고 보니 똑똑해 보일 리가 없었다.

한번은 내일이 개학날이어서 오늘 안 돌아갈 수가 없는데 장대비가 계속돼서 개성 역까지 가는 도중에 있는 냇물 다리가 떠내려간 적이 있다. 다리만 떠내려간 게 아니라 냇물이 사나운 강물처럼 황토 빛으로 소용돌이 치고 있었다. 나는 겁에 질려 울먹울먹했다. 호뱅이는 걱정 말라고 나를 안심시키고 짐을 먼저 강 건너에다 내려놓고 되돌아와 나를 지게 위에 올라 앉혔다. 그가 지게 작대기로 얕은 데를 골라가며 탁류를 헤치는 걸 지게 위에서 내려다보며 느낀, 노한 자연에 대한 공포감과 우직하고 강건한 남자를 미더워하던 마음은 오래도록 내 마음에 남아 있다. 딸을 태운 지게 뒤를 따라 호뱅이만 믿고 강을 건너던 엄마의 마음도 아마 그러했을 것이다. 지금으로부터는 60여 년 전 엄마의 임종 당시로부터 계산해도 50여 년 전 일이다.

철없이 한바탕 웃고 나서 이내 숙연해졌다. 어머니는 불편한 다리를 이끌고 저승길 가기가 아마 걱정이었을 것이다. 그때 홀연 호뱅이가 떡판처럼 든든한 등을 빌려주기 위해 나타난 게 아니었을까. 착한 영혼을 하늘나라로 인도한다는 미카엘 천사처럼. 호뱅이한테 업혀서라면 어머니를 안심하고 떠나보내도 될 것 같았다. 호뱅이가 하늘나라 주민이라는 건 의심의 여지가 없었으니까.

박완서 ✤ 숙명여고를 졸업하고 서울대학교 국문과에 입학하였지만 한국전쟁으로 학업을 중단했다. 1970년 '여성동아' 장편소설 공모에 《나목》이 당선되어 작품 활동을 시작했다. 지은 책으로는 단편집 《꽃을 찾아서》, 《너무도 쓸쓸한 당신》 등을 비롯하여 《휘청거리는 오후》, 《그해 겨울은 따뜻했네》, 《미망》, 《그 많던 싱아는 누가 다 먹었을까》 등 다수의 장편소설 및 동화집과 수필집이 있다. 한국문학작가상, 이상문학상, 대한민국문학상, 이산문학상, 동인문학상, 대산문학상, 만해문학상 등을 수상했다.

# 콩알만큼의 희망

장영희

아침 신문을 보니 어느 가장이 자동차 안에서 가스를 틀어놓고 가족과 함께 동반 자살을 했다고 한다. 남긴 유서에는 "더 이상 살 길이 없어서, 이 세상살이가 너무나 버거워서, 이 무서운 세상에 아이들을 두고 갈 수 없어서 함께 간다."고 적혀 있었다.

오후 5시 반쯤 어느 라디오 방송에서는 〈아름다운 사랑, 아름다운 나눔〉이라는 프로그램을 내보낸다. 재정적으로 사정이 안 좋은 가정을 소개하고 청취자의 도움을 청하는 프로인데, 꼭 들으려 계획하는 것은 아니지만 퇴근길에 자주 듣게 된다.

얼마 전에는 어떤 가난한 어머니에 대한 방송을 했다. 아이가 모계유전으로 불치의 병에 걸리자 아버지는 이혼을 요구했고, 양육비도 주지 않았다. 몸이 허약한 어머니는 아이를 키울 수 있는 능력이 없었다. 날이 갈수록 이웃이나 친척의 도움도 사라져 가면서 살 길이 막막해지자 절망한 어머니는 마침내 죽을 결심을 했다. 오늘 기사 속의 가장과 마찬가지로, 무서운 세상에 아이를 홀로 두고 갈 수 없어 아이까지 데리고 동반자살을 계획했다.

내일이면 죽겠다고 결심한 날, 마지막으로 아이와 함께 아이가 보고 싶어 하는 바다에 갔다. 어둑어둑한 바다에 오징어배가 환하게 불을 켠 채로 모여 있었다. 아이가 말했다.

"엄마 저 불빛 참 예쁘지? 너무 너무 예뻐."

아이는 엄마를 쳐다보며 환하게 웃고 있었다. 인터뷰에서 그 어머니는 말했다.

"배를 보고 예쁘다고 감탄하는 아이를 보고 깨달았습니다. 아름다운 것을 보고 아름답다고 느끼는 그 마음을 내 멋대로 빼앗을 수 없다는 것을. 이 아름다운 세상에 조금이라도 더 살 수 있는 권리를 내가 뺏을 수가 없어서 죽기를 포기했습니다."

이 어머니의 이야기를 들으면서 나는 또 다른 가난한 어머니를 기억했다. 그 어머니는 늘 콩알 몇 개를 소중하게 품고 다녔다. 남편이 교통사고로 죽고 설상가상으로 가해자로 몰리자 모든 재산을 빼앗기고 맨몸으로 길거리로 쫓겨났다. 초등학교 3학년과 1학년인 형제를 데리고 너무나도 힘겨운 생활이 시작되었다. 남의 집 헛간에 세 들어 살며 일을 찾았고, 자연히 살림은 초등학교 3학년 형이 맡았다. 그런 생활이 반 년. 그러나 아무런 직장경험이 없는 어머니가 죽도록 일을 해도 살림은 비참할 정도로 어려웠다. 사는 게 너무 힘들고 세상이 원망스러워서 어머니는 아이들을 데리고 죽기로 했다. 아니, 죽을 수밖에 없는 상황이라고 생각했다.

어느 날 일을 나가면서 어머니는 오늘은 집에 오는 길에 약을 사와야겠다고 결심을 했다. 그래도 죽는 날까지 아이들을 굶길 수가 없어서 냄비에 콩을 넣어 두고 집을 나서면서 맏이에게 메모를 써 놓았다.

"형일아, 냄비에 있는 콩을 졸여서 오늘 저녁 반찬으로 먹어라. 물을 넣고 삶다가 콩이 물러지면 간장을 넣어 간을 맞추면 된다. 엄마가"

계획대로 그 날 그 어머니는 남몰래 수면제를 사들고 돌아왔다. 두 아이는 나란히 잠들어 있었는데 맏이의 머리맡에 '엄마에게!'라고 쓰인 편지가 놓여 있었다.

"엄마, 엄마가 말씀하신 대로 열심히 콩을 삶았어요. 오래 삶아서 콩이 물렁해졌다고 생각했을 때 간장을 부었는데 형민이가 '형! 너무 딱딱해서 잘 못 먹겠어.'하며 안 먹었어요. 그래서 반찬도 없이 거의 맨밥만 먹고 그냥 잠들어 버렸어요. 엄마, 내일 새벽에 나가시기 전에 저 깨워서 콩 잘 삶는 법 꼭 가르쳐 주세요."

편지를 읽고 어머니는 가슴이 뭉클했다.

'아, 저 어린것이 이토록 열심히 살려고 하고 있구나.'

콩 하나라도 열심히, 동생 입맛에 맞도록 삶아 보려는 아들의 의지가 너무나 기특하고 아름답게 느껴졌다. 어머니는 사왔던 약봉지를 치웠다. 아들의 삶에 대한 의지를 포기하게 할 수 없었다. 어머니는 무슨 일이 있어도 다시 살아보기로 작정했다.

그 어머니는 콩알 몇 개를 지갑에 넣고 다니며 힘들 때마다 꺼내 보고 아이들을 생각한다고 했다. "콩알만큼의 희망이라도 있으면 살아야지요. 하지만 따져 보면 콩알만큼의 희망이 아니라 호박만큼의 희망이지요. 제게 우리 아이들이 있고 제 몸이 더 나빠지지 않고 있고." 그렇게 말하면서 그 어머니는 밝게 웃었다.

결국 가난에 절망하고 세상에 지친 두 어머니는 아이들의 삶에 대한 의지를 보고 새로운 삶을 시작하게 된 셈이다. 아직 세파에 물들지 않은 아이들은 살아 있음을 자연스럽게 받아들이고 죽음을 스스로 선택할 수 있다는 데에 익숙하지 않기 때문에 오히려 삶에 대한 애착과 목적의식이 더욱 강한지도 모른다. 아니, 본능적으로 희망을 보는 힘을 더 많이 갖고 있다.

하지만 이 험한 세상 살아가며 이리 치대고 저리 부대끼며 점점 그 힘을 잃어버리게 되는 경우가 많다. 자꾸 나를 밀어내치는 사람들과 싸워야 하는 이 세상이 무섭게 느껴지다가, 문득 '아, 참 싫다. 왜 이렇게 살아야 하는가'하는 자괴감에 빠질 때가 있다. 내 한 몸뚱아리 없어지면 그만일 것을, 그러면 모든 것을 다 잊고 평화롭게 잠들 수 있을 것을, 그래서 죽음을 선택하고 싶은 강렬한 욕망에 휩싸이기도 한다. 세상이 점점 더 복잡해지고 각박해짐에 따라 이런 욕망이 더욱 강해지는지, 작년만 해도 우리나라에서 자살한 사람의 수는 1만 3050명으로 최고치를 기록했다. 사는 게 힘들어서, 대학입시가 두려워서, 잘난 사람들

사는 세상에 나만 못난 것 같아서……. 추풍낙엽처럼 생명이 스러지고 있다.

미국에는 '생명이 있는 곳에 희망이 있다.(Where there is life, there is hope)'는 속담이 있다. 이 세상에서 생명만 유지할 수 있다면, 희망은 늘 있기 마련이라는 말이다. 슬픔이 있지만 분명 희망도 존재하고 좌절이 있지만 기쁨과 행복도 존재하는 게 세상살이인데, 희망을 절로 주는 생명을 구태여 버릴 필요가 있을까. 석양에 예쁜 오징어배가 있는 아름다운 세상, 사랑하는 사람들과 함께 있는 이 세상, 정말 콩알만큼의 희망이 있어도 이 세상은 살만하지 않을까.

하지만 거꾸로 생각해 보면, 아마 그들은 콩알만큼의 희망도 이 세상에서 발견하지 못했나 보다. 우리가 그들에게 그만큼의 희망도 주지 못했나 보다.

장영희 ✤ 서강대학교 영문과 교수이자 번역가, 에세이스트로 왕성한 활동을 하고 있다. 다수의 번역서를 비롯해 저명한 영문학자이자 부친인 故 장왕록 박사와 공동으로 번역한 《바람과 함께 사라지다》, 《스칼렛》이 유명하다. 김현승의 시를 영문으로 번역하여 '한국문학번역상'을, 에세이집 《내 생애 단 한번》으로 '올해의 문장상'을 수상한 바 있다. 선천성 소아마비 환자이기도 한 그녀는 현재 척추암으로 투병하면서도 대학 강의와 영어교과서 집필을 놓지 않고 있으며 올해 3월, 신작 《문학의 숲을 거닐다》를 출간했다.

# 사는 게 맛있다

이지선

일본 신주쿠 교엔이라 하는 공원에 가면 지선이 나무라고 이름 붙여진 나무 한 그루가 있습니다. 물론 공원 측에서는 전혀 모르는 사실이고, 저와 함께 그 나무를 바라봤던 목사님께서 붙여주신 이름입니다. 그 나무는 특별한 나무입니다. 공원 안에 수 천 그루의 나무들이 모두 하늘을 향해 자라고 있었지만 그 나무만 어찌된 일인지 옆으로 누운 방향으로 자라고 있으니까요. 연못을 향해 옆으로 누워 있는 나무는 여느 나무들처럼 시원한 그늘을 만들어 주지는 못합니다. 그 대신 삶이 지치고 피곤한 이들에게 편안한 나무 침대가 되어주고는 하지요. 그 나무가 그렇게 나무뿌리를 다 드러내고 자라면서 얼마나 많은 폭풍우를, 세찬 비바람을 견디어 왔는지, 어떤 세월을 지내왔는지 우리는 잘 알 수 없었지만 그 나무는 특별해 보였습니다. 그 나무는 다른 나무들과 달랐지만 분명 우리 눈에 아름다워 보였습니다. 그래서 지선이 나무입니다.

저는 대학교 4학년 여름에 교통사고를 당해 전신에 55%, 3도 화상을 입었습니다. 저의 상태는 4~5년 만에 한번 나올까 말까 하는 중상으로 의사들조차 포기해 버릴 정도였습니다. 때문에 저는 삶과 죽음을 넘나드는 사투를 벌여야 했고, 기적적으로 삶을 되찾았습니다. 그런데 죽음의 문턱에서 간신히 살아나긴 했지만 더 이상 예전의 모습은 어디에도 남아 있지 않았습니다. 무릎 위로 온몸에 화상을 입어 얼굴의 형체를 알아볼 수 없게 되었고, 손가락을 여덟 마디나 절단해야 했습니다. 온몸은 미라처럼 붕대를 감고 있었고, 성한 제 피부를 떼어 상처에 이식하는 피부이식 수술로 계속 또 다른 흉터들이 생겼습니다. 당기는 피부 때문에 손가락 하나 까딱 할 수 없었으므로 제 몸을 제 마음대로 움직일 수도 없었습니다.

감사하게도 지금은 잃었던 평범함을 찾아가고 있지만,

2001년 가을, 그 나무 앞에 서 있던 저는 당기는 피부 때문에 눈도 잘 감지 못하고 입도 제대로 벌리지 못하는 모습이었습니다. 그런 저에게 그 특별한 나무 한 그루가 눈에 들어온 것입니다. 아마도 남다른 그 모습이 나 자신의 모습인 듯해서 자꾸만 눈이 갔었나 봅니다.

사고를 당하기 전까지 저는 전혀 특별한 사람이 아니었습니다. 23년 동안 지극히 평범하게, 남들과 다를 바 없이 살아온 사람이었습니다. 그러나 사고로 인해 저는 더 이상 평범한 삶을 계속할 수 없게 되었습니다. 수많은 사람들 가운데 서 있어도 눈에 띄는 아주 특별한 사람, 장애인이 된 것입니다. 신주쿠 교엔의 수천 그루 나무들 중 한 그루처럼 말입니다.

많은 사람들이 저를 보고 이렇게 이야기 하십니다. '나라면 자살했을 거야.'

지금의 특별한 모습을 하게 되기까지, 한 순간에 모든 것을 잃게 되고, 다시 지금의 모습으로 서기까지의 고통의 시간들을 자신의 일이었다고 상상해 보며 대부분의 사람들이 그렇게 말씀하십니다. 당연한 일인지도 모릅니다. 사실 저도 사고 나기 2달쯤 전에 TV에서 화상환자의 다큐멘터리 프로를 보면서 엄마에게 "저건 사는 게 아니라고."라며 울먹였던 기억이 있으니까요. 불과 몇 개월 후, TV에서 보았던 그 환자 앞에 더 심한 화상환자의 모습으로 서게 되리라고는 꿈도 못 꾸었으니까요.

그런데 '저건 사는 게 아니라고.' 했던 삶을 제가 살아가고 있습니다. 물론 인간적인 제 의지로는 감당하지 못할 순간도 많았습니다만 살아남기 위해 이를 악물었습니다. 아픔에 온몸을 부들부들 떨면서도 살아야겠다고 생각했습니다. 고통스러운 시간이 훨씬 더 많은 날들이었지만 그래도 살고 싶었습니다.

할 수 있는 것이라고는 참는 것밖에 없던 시절, 중환자실에서 죽음과 전쟁 같은 싸움을 하고 있을 때, 오빠가 제게 해준 이야기가 있습니다.

"지선아, 그래! 이것보다 더 나빠질 수 있겠어?"

그랬습니다. 더 이상은 떨어질 나락도, 더 이상은 나빠질 것도 없었습니다. 정말 최악의 상황이었으니까요. 고난을 천 길 낭떠러지에서 떨어지는 것으로 비유한다면 그곳은 정말 바닥이었습니다. 그 후 저는 한 가닥 희망을 품게 되었습니다. 더 떨어질 곳도 없는 바닥이기 때문에 이제 올라갈 일만, 시작할 일만, 좋아질 일만 남은 것이라는 생각이 들었습니다. 그러자 가슴이 뛰었습니다. 소위 '깡'이라고 하는 것이 생겼습니다.

그리고 나서 저는 이전에 알았던 것보다 훨씬 더 맛있

는 삶을 얻었습니다.

사고 후 처음 일주일 동안 중환자실에서 산소 호흡기를 끼고 있었습니다. 그러던 어느 날 의사선생님이 다가와 혼자 숨 쉴 수 있겠냐고 물었습니다. 제가 고개를 끄덕이니깐 잠시 후 몸 속 깊숙이 박힌 것 같은 산소 호흡기를 빼주었습니다. 그리고 얼마 후 물을 주었습니다. 오랜 시간 말라있던 제 목을 축여주는 그 물은 너무도 시원하고 맛있었습니다. 세상에서 제일 맛있는 물이었습니다. 많이 마시지 못하게 하는데도 저는 계속 마셨습니다. 아직도 그 시원한 맛을 잊지 못합니다. 이제 겨우 생사의 고비를 넘기고, 진통제를 맞아야만 하루에 30분이나 잠이 들까 말까한 그런 고통 중이었음에도 그 물 한 모금에 저는 '행복'이란 것을 느꼈습니다. 그날 이후 저는 아주 사소한 것에 감사함을 새롭게 발견할 수 있게 되었습니다. 가족과 눈을 마주치고 이야기할 수 있는 것이 얼마나 행복한 것인지, 짧아진 손이긴 하지만 두 손으로 무엇을 할 수 있다는 것이 얼마나 행복한 일인지 알게 되었습니다. 살아서 맞게 되는 2000년의 겨울바람도, 밟으면 뽀드득 소리가 나는 눈도, 살아서 다시 보게 되는 아름다운 가을 하늘도…… 모두 기쁨이고 감격이었습니다.

예전에는 다 누리고 있으면서도 그것이 제게 얼마나 큰

기쁨을 가져다주는 것인지도 모르고, 얼마나 큰 감사거리인지 모르고 살았습니다. 사람이든 물건이든 잃어버린 뒤에야 소중함을 깨닫는 것처럼 저 역시 많은 것을 잃고 나니 모든 것이 귀하게 느껴지기 시작했습니다.

짧아진 여덟 개의 손가락으로 사람에게 손톱이 얼마나 중요한 것인지 알게 되었고,

1인 10역을 해내는 온전히 남은 엄지손가락으로 생활하며 글을 쓰며, 엄지손가락을 남겨주신 하나님께 감사했고,

눈썹이 없어 무엇이든 여과 없이 눈으로 들어가는 것을 경험하며, 사람에게 이 작은 눈썹마저 얼마나 필요한 것인지.

막대기 같아져버린 오른팔을 쓰며, 왜 하나님이 관절이 모두 구부러지도록 만드셨는지. 손이 귀까지 닿는 것이 얼마나 중요한 일인지, 알게 되었습니다.

온전치 못한 오른쪽 귓바퀴 덕분에 귓바퀴란 것이 귀에 물이 들어가지 않도록 정교하게 만들진 것임을 알게 되었고,

잠시였지만 다리에서 피부를 많이 떼어내 절룩절룩 걸으면서 다리가 불편한 이들이 걷는다는 것 자체가 얼마나 힘든 것인지 느끼게 되었습니다.

무엇보다 건강한 피부가 얼마나 많은 기능을 하는지, 껍데기일 뿐 별 것 아니라고 생각했던 피부가 우리에게 얼마나 소중한 것인지 알게 되었습니다.

다 잃어버린 줄 알았는데 하나씩 되찾게 되는 기쁨은 정말 신나는 경험이었습니다. 이식한 피부를 뚫고 올라온 눈썹 한 가닥이 정말 감사했고, 친구들과 명동거리를 다니는 것이 얼마나 큰 축복인지, 공부를 다시 할 수 있게 된다는 것이 얼마나 기쁜 일인지 알게 되었습니다.

사람들은 간혹 이렇게 말하십니다. 지금 행복하다고 말하는 것이, 과거의 나로 돌아가기를 원하지 않는다는 말이 정말 진심일까? 아마 그분들은 더 많이 가지고, 누리는 것이 행복의 조건이라고 생각하시기 때문에 그런 말씀을 하시는 건지 모르겠습니다. 사실 한 때 저는 인생이 너무나 고해이니깐 너무 오래 살게는 하지 말아 달라고 기도한 적도 있습니다. 그렇지만 이제는 아닙니다. 이제는 살아 있어서 행복합니다. 그리 오래 살지는 않았지만, 인생을 다 안다고 말할 수 없는 나이이지만 고통의 긴 터널을 지나오며 저는 이제 '사는 맛'을 조금씩 배워가는 것 같습니다.

병실에 있을 때부터 저는 소박한 꿈을 갖고 있었습니다. 그것은 바로 몸의 장애와 마음의 장애로 '사는 맛'을 잃어버린 분들의 마음을 위로하고 살맛나는 인생을 찾아갈 수 있도록 돕는 사람이 되는 것이었습니다. 재단을 세워서 수술비도 후원하고 무엇보다 그 꿈을 이룰 수 있게 공부도 시켜주고, 또 한국에서 수술할 수 없는 이들을 외국병원과 연결도 시켜주고 후원도 할 수 있는 그런 재단을 세우고 싶었습니다. 그리고 심리학을 공부해서 화상으로 많은 것을 잃게 된 화상 가족들의 상실감과 우울함, 지워지지 않는 마음의 고통을 치료하는 심리상담센터를 만들어야겠다고 생각했습니다.

다행히 꿈은 서서히 이루어지고 있습니다. 몸과 마음의 장애로 고통 받는 분들이 새 삶을 찾도록 돕는 푸르메재단이 생겼고, 저 또한 미국에서 '재활상담' 공부를 시작한 것입니다.

일본에서 보았던 그 나무처럼, 저는 친구들과는 다른 모습으로 살아가게 되었습니다. 그 나무가 살아온 세월을 짐작해 보았습니다. 이제 가야 할 길도, 살아갈 모습도 예전에 기대한 것과는 많이 달라졌지만, 그리고 남들과도 참 많이 다른 모양으로 살아가게 되었지만, 기대와 다르고, 남들과 다르다고 해서 어그러졌다거나, 불행한 인생이 되는 것은 아니라고 생각합니다. 하늘을 보고 자라지 못하게 되었다 할지라도 그 나무가 틀렸다고, 잘못되었다고 말할 수는 없다고 생각합니다.

하늘로 향한 나무가 보지 못하고 만질 수 없는 것들을 누워서 자라며 연못에도 닿고, 땅과도 더 많이 맞대고 있는 그 나무는 보고 만질 것입니다. 제 삶도 그렇게 되기를 바랍니다. 이전에 모습으로는 만날 수 없고, 이전에 삶으로는 배울 수 없는 것들을 배워가며, 그 나무처럼 아름답게 느껴지는 인생이 되길 소원합니다. 그저 '다른' 나무가 아니라 특별하고 '아름다운' 그 나무처럼 말입니다.

이지선 ✤ 1978년에 태어나 이화여자대학교 유아교육과를 졸업했다. 대학 4학년이던 2000년, 도서관에서 집으로 돌아가는 길에 교통사고로 얼굴을 비롯한 전신에 화상의 흔적이 뚜렷이 남게 된다. 하지만 절망하지 않고 푸르메재단 홍보대사로 누구보다도 당당하고 즐겁게 인생을 살아가는 그녀는 앞으로 장애인을 위한 삶을 위해 보스턴대학 대학원에서 장애인들의 재활상담 분야를 공부하고 있다. 지은 책으로는 《지선아 사랑해》《오늘도 행복합니다》가 있다.

# 참된 소유와 세상을 위한 헌신

강지원

1.

"미안해서요!"

"예?"

학교 숙제라며 인터뷰를 청해온 대학생들은 눈이 동그래져서 재차 물었다. 나는 다시 말했다.

"그래요. 미안해서요. 무슨 특별한 이유는 없어요."

학생들은 이해가 안 가는 모양인지 고개를 갸우뚱하며 저희끼리 쳐다보았다. 아무리 생각해도 나의 대답은 그들이 던진 질문에 어울리지 않았던 모양이다. 어쩌면 그들은

“평소 힘없고 고통 받는 이들을 위해서 일을 많이 해야 한다고 하시는데, 그 이유는 무엇인가요?” 라는 질문을 던지면서 좀 더 그럴 듯한 답변을 기대했을지도 모른다.

“무엇이 미안하신데요?”

“미안하지 않습니까? 사람마다 경우는 다 다를 테지만, 예컨대 돈이 좀 많은 사람이 적게 가진 분들을 보면 자신이 잘못한 게 없어도 왠지 좀 미안해하고, 큰 감투를 쓴 사람은 그렇지 못한 분들을 보면서 좀 미안해하고, 뭐 그런 것이 자연스러운 것 아닌가요?”

2.

인터뷰를 마치고 학생들을 돌려보낸 뒤, 나는 스스로에게 질문을 던져 보았다.

‘미안해하는 마음’, 그 정체는 무엇일까. 무엇이 우리네 사람들에게 미안해하는 마음을 갖게 하는 것일까?

문득 맹자의 말씀이 떠올랐다.

“어린아이가 막 우물에 빠지는 것을 본 사람은 누구나 놀라고 걱정하며 불쌍히 여기는 마음을 갖는다. 자신과 아무 관련이 없는 아이일지라도 그런 불행을 ‘차마 보지 못하는 마음’이 사람에겐 있기 때문이다. 또 남에게 해를 끼치는 일을 '차마 하지 못하는 마음'도 있다. 뿐만 아니라 사람에게는 측은지심(惻隱之心)이 있는데, 이는 슬퍼하고 걱정하는 마음이다. 4단(四端)중의 한 가지인 측은지심은 윗사람이 아랫사람을 불쌍히 여기는 마음이 아니다. 사람들 누구에게나 있는 어진(仁) 본성의 극치이다. 인(仁)은 곧 사랑이다. 사람은 누구나 이런 마음을 타고 난다."

그런데 사람들은 이런 착하고 어진 본성을 곧잘 외면한다. 좀 더 큰 집에 사는 사람들이 작은 집에 사는 이들에게, 좀 더 큰 사무실을 쓰는 사람들이 작은 사무실을 쓰는 이들에게, 좀 더 잘 나가는 사람들이 상대적으로 못 나가는 이들에게 측은지심을 가질 법도 하건만, 무감각하거나 심지어 오만한 경우도 적지 않다.

이는 아마도 사람들의 또 다른 특성, 지배적 욕망 때문이 아닌가 싶다. 지배적 욕망이 큰 사람은 사람들에게 서열을 매기기 일쑤이다. 그들은 사람들의 다양한 차이를 인정하기보다 자기 나름의 잣대로 사람들을 재단하고, 서열을 매기고 자기보다 낮은 위치에 있다고 여겨지는 사람들을 차별하기도 한다.

생각건대 그것은 DNA에 따라 타고난 정도가 다른 결과일 수도 있고, 이 세상 살림살이가 너무나 험난해 타고

난 본성에 구름이 끼듯 어둡게 되었을 수도 있을 것이다.

3.

이렇듯 본성을 잊고 욕심을 부리는 사람들 때문에 때때로 세상이 각박하게 느껴지기도 한다. 하지만 그럼에도 불구하고 여전히 수많은 사람들이 타인과 정을 나누며 살아가고 있다. 그들 중에는 다른 사람들보다 많이 가진 사람들도 있지만 그렇지 않은 이들도 많다.

한 평생 제대로 먹지도 입지도 못하면서 김밥을 팔아 모은 돈 수억을 쾌척하는 분도 있고, 나라에서 생계 지원을 받는 가난한 처지이면서 더 어려운 사람을 돕는 분들도 있다. 그런 분들을 보고 있노라면 맹자의 말씀을 떠올리지 않을 수 없다. 맹자의 말마따나 인간에게는 착하고 어진 본성이 있고, 그 본성은 수천 년이 지난 오늘날까지 이어져 오고 있음이 틀림없는 것이다.

그런데 이처럼 착하고 어진 본성은 공명(共鳴)을 한다. 착하고 어진 본성을 가진 사람은 마음이 사랑으로 가득 차게 되고, 그 사랑이 움직이면 타인의 마음을 움직이게 되는 것이다. 다시 말해 타자의 내면에 자리한 사랑이 반응을 하며 함께 울리는(共鳴) 것이다.

간혹 사랑을 전하는 방법이나 정도에 따라 크게 공명을

일으키지 못하는 경우도 있다. 공명을 일으키지 못하고 잔잔한 파문에 그쳤다면 그것은 방법이나 정도가 부족한 탓일 것이다.

4.

사람은 생김새가 각양각색인 것만큼이나 가진 것, 추구하는 삶이 다르다. 어떤 사람은 돈을 많이 가진 대신 건강을 갖지 못했는가 하면, 어떤 사람은 장애를 가진 대신 학식이 높은 식이다.

어떤 것을 더 많이 소유했느냐 또는 그렇지 않은가로 사람을 평가하고 서열을 매기는 것은 옳지 않다. 소유는 무엇을 소유했느냐가 아니라 무엇을 위한 소유인가에 따라 그 값어치가 달라지기 때문이다.

소유는 소유 그 자체를 목표로 할 때 저급가치로 전락한다. 끝없는 욕망의 연속으로 타락하기 십상이기 때문이다. 그리고 소유의 결과에 대해 오만해지기 십상이기 때문이다. 그러나 소유가 그 어떤 고급 목표를 위한 수단으로 위치하고 그런 뜻에서 더 많이 갖고자 하는 목표가 되면 그 소유는 고급 가치로 승화한다. 탐욕의 대상이 될 수 있는 소유는 그 고급 목표에 의해 비로소 청순하게 부활을 하는 것이다.

그러니 남보다 더
많이 가진 사람을 비
난할 필요도, 덜 가진 사람
을 무시할 필요도 없다. 남보다 조금이
라도 더 많이 가졌다면 덜
가진 사람에게 베풂으
로써 소유를 고급 가치로
승화시켜야 한다. 그러기 위해서는 측은지심으로 봉사하고 기부해야 할 것이며, 자신보다 낮은 곳으로 나아가 고통 받는 자의 어려움을 나눠 가져야 할 것이다. 그것만이 서로가 서로를 살리는 길이다. 자생(自生)하고 공생(共生)하는 길이며 세상을 좀 더 살 만한 곳으로 변화시키는 길이다.

강지원 ✤ 서울대학교 정치학과를 졸업하고 18회 사법시험에 수석 합격하면서 1978년부터 서울지검 검사로 일했다. 1989년 청소년 교화기관인 서울보호관찰소장을 맡으면서 청소년 문제에 관심을 가지게 돼 1997년 청소년보호위원회 초대위원장을 지내며 당시 사회적으로 큰 주목을 받지 못하던 청소년 문제를 사회 공통의 화두로 끌어올렸다. 현 어린이청소년포럼 대표이자 푸르메재단 공동실행대표를 맡고 있으며 장애인 권익신장과 재활전문병원 건립을 위해 노력하고 있다.

# 나눠 갖기에 참 좋은 '희망'

김근태

누구나 살다 보면 자신의 의지와는 다르게 벽에 부딪히거나 의기소침해질 때가 있습니다. 저의 경우 6공 시절 민주화운동 관련으로 두 번째 감옥살이를 할 때가 바로 그런 경우였습니다.

누가 뭐래도 내가 가는 길이 옳은 길이라는 확신이 있었음에도 불구하고 그 당시 저는 악명 높은 공안기관의 모진 조사에 시달리면서 신체적으로나 정신적으로나 몹시 쇠약해져 있었습니다. 고문기술자들은 23일 동안 온갖 고

문과 능욕을 가한 것도 모자라 마지막 날에는 온몸을 발가벗긴 채 매질을 가한 뒤 바닥에 기게 하면서 '살려 달라고 빌라'고 시켰으니, 저는 사람으로서 지켜야 하는 마지막 존엄성까지 유린당한 채 그들이 원하는 대로 조서를 쓸 수밖에 없었습니다. 당연히 그날 이후 저의 정신과 육체는 나날이 무너져 가기 시작했고, 차가운 잿빛 콘크리트 벽에 둘러싸인 골방에서 홀로 상처투성이 지친 육신을 보듬고 좌절감과 의욕상실에 몸부림치게 되었습니다. 그야말로 한 치 앞도 내다볼 수 없는 캄캄한 시절, 버티고 의지할 만한 어떤 것도 찾을 수 없는 시절이었습니다.

아마도 한 청년의 소식을 접하지 못했더라면 저는 그대로 꺾인 채 일어서지 못했을지도 모릅니다. 다리에 장애를 가진 폴란드 청년, 그 청년의 소식을 접한 것은 어렵게 얻은 신문의 귀퉁이 기사를 통해서였습니다. 불편한 다리로 6천 미터 높이의 아프리카 최고봉 킬리만자로 등반에 성공했다는 그 기사는 어두컴컴한 철창 안에서 쓰러져 가던 저에게 신선한 충격으로 다가오기에 충분했습니다. 밖에서 일상적인 삶을 영위하고 있었더라면 무심코 지나쳤을지도 모르는 기사였겠지만, 정신적·육체적 고통을 느끼고 있던 처지라 그런지 그가 치러냈을 고통이 고스란히 느껴졌습니다. 평지를 걷기도 불편한 다리로 높은 산에 오르자면 얼마나 힘이 들었을지, 얼마나 그만두고 싶었을지 안타까움과 함께 존경심이 절로 생겼습니다.

그리고 나 자신을 돌아보게 되었습니다. 그에 비하면 나는 얼마나 편안한 것인지요. 민주화운동을 했다는 죄목으로 지명수배를 당하다 구속되어 고문을 당하기는 했지만, 그럼에도 불구하고 나는 튼튼한 두 다리를 갖고 있었으니까요. 언제고 마음만 먹으면 킬리만자로를 오를 수 있을 테니까요. 저의 좌절과 시련이 아무리 무거운들 그 폴란드 청년이 킬리만자로를 오르면서 겪었을 고통과 어려움에 견줄 수 있었겠습니까?

그와 함께 궁금증이 일었습니다. 과연 그에게는 어떤 힘이 있는 것일까요? 어떤 힘이 있어서 그 절망적인 상황에 굴하지 않고 떨쳐 일어나 의연히 자신의 길을 가는 것일까요? 그것은 바로 시련과 좌절을 용기와 전진으로 변화시키는 마음이 아니었을까요?

그 청년에 대해 이런저런 생각을 하다 보니 한동안 움츠러들었던 용기가 되살아나는 것 같았습니다. 그 청년은 자기도 모르는 사이에 어느 먼 나라 감옥에서 의기소침해 있던 한 사람을 꾸짖고 나무라며 격려해준 것입니다. 그날 이후 저는 아내가 정성스럽게 다려준 보약을 먹기라도 한 듯 용기를 되찾고 다시 일어설 수 있었습니다.

살다 보면 누구나 몇 차례 좌절과 시련을 겪기 마련입니다. 어떤 이들은 정치적인 자유를 억압하는 현실에 좌절하기도 하며 신체 일부를 잃는 시련을 겪기도 합니다. 자살과 범죄, 경제적인 어려움까지 굳이 헤아리자면 그 좌절과 시련은 각자의 개성과 얼굴만큼 다양하고도 폭넓을 것입니다. 그런 만큼 개개인이 느끼는 좌절과 시련의 깊이, 그리고 이를 극복하는 방법 또한 다를 것입니다.

그런데 가만히 보면 시련과 좌절이 클수록 일어서고자 하는 힘도 더 커지는 것 같습니다. 우리가 잘 아는 헬렌 켈러만 해도 그렇습니다. 알다시피 헬렌 켈러는 두 살이 되기 전에 청력과 시력을 잃었습니다. 보지도 말하지도 듣지도 못하는 3중 장애가 찾아온 것입니다. 하지만 그녀는 결국 보통 사람들과 똑같이, 아니 훨씬 능숙하게 보고 듣고 말하게 되었습니다. 눈으로 볼 수는 없었지만 손으로 보았고, 귀로 들을 수는 없었지만 손으로 들었고, 입으로 말할 수는 없었지만 손으로 말하게 되었습니다.

비단 보고 듣고 말하는 것만이 아니라 음악감상 같은 좀 더 세밀한 감각도 훈련을 통해 느낄 수 있었습니다. 축음기 스피커 가까이에 손가락을 대고 손가락에 와 닿는 감촉으로 음악의 선율을 느끼고 감상했다고 하니까요. 게다가 손가락의 감촉만으로 현악기와 관악기의 음색까지 구별했다고 하니 놀라지 않을 수 없습니다. 헬렌 켈러는 두 개의 귀를 잃었지만 대신 열 개의 새로운 귀를 얻은 것이었습니다.

폴란드 청년과 헬렌 켈러의 이야기를 떠올릴 때마다 저는 '희망'이라는 단어를 되뇌이게 됩니다. 제 아무리 절망적인 처지일지라도 헤쳐 나갈 수 있다는 희망, 불편한 다리로라도, 눈과 귀가 안 되면 손으로라도 해나갈 수 있다는 가능성을 보았기 때문입니다.

사람들은 '희망'이라는 말을 좋아합니다. 좋아하는 말이니 만큼 '희망'은 사람들의 입에 자주 오르내리고는 합니다. 하지만 막상 희망이 있냐고 물으면 선뜻 대답하는 사람은 많지 않습니다. 희망은 눈에 보이지도 않고 손에 잡히지도 않기 때문일 것입니다. 그러나 보이지 않고 잡히지 않는다 해서 존재하지 않는 것은 아닙니다. 숯덩이에게는 불덩이가 될 희망이 있고 흙덩이에게는 돌덩이가 될 희망이 있는 것처럼 모든 존재에 희망이 있을 거라고 생각합니다. 3중 장애의 고통에서 헬렌 켈러를 구해준 것처럼 '희망'은 이 세상을 구하는 힘이라고 생각합니다.

보건복지부 장관으로 일하면서 저는

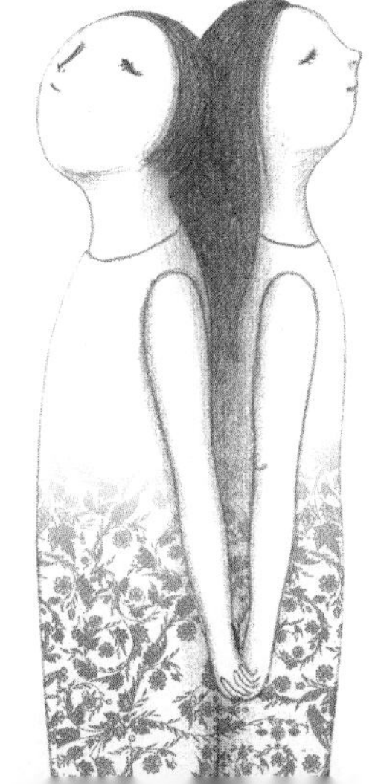

어려운 상황에 놓인 분들을 많이 보았습니다. 소록도의 한센병 환자와 유난히 잘생겼던 청년 에이즈 환자, 소아암 환자들, 서울역의 노숙자들, 청량리와 종묘공원 앞에서 무료급식을 받기 위해 긴 줄을 섰던 어르신들, 너나 할 것 없이 참으로 어려운 처지였습니다. 하지만 저는 그 분들을 보면서도 좌절과 절망보다는 감히 희망을 꿈꿀 수 있었습니다. 그분들의 처지는 너무도 열악했지만 그분들 곁에는 마음을 다해 보살피는 '천사'들이 있었기 때문입니다.

천사의 마음씨를 가진 자원봉사자들을 보면서 저는 희망이란 나눌수록 커지는 것이라는 사실을 새삼 깨달았습니다. 주위를 둘러보면 알게 모르게 이런 선행을 실천하고 있는 분들을 발견할 수 있었는데, 그런 분들을 보면서 저는 이 사회가 그래도 희망을 가진 사회라는 확신을 가질 수 있었습니다.

나눔을 통해 희망을 키우는 일은 사회 곳곳에서 전개되고 있습니다. 얼마 전에는 5,200명의 간호사가 '장기기증 서약'을 하는 장면을 지켜본 적이 있는데, 저도 모르게 가슴이 저릿해지는 걸 느낄 수 있었습니다. 자신의 장기를 떼어내도 좋다는 약속을 하는 것은 누구나 할 수 있는 일인 것 같지만 아무나 할 수 있는 일이 아닙니다. 결단을 해야 할 수 있는 일입니다. 그런데 5,200명이나 되는 여성들이 이런 결단을 해내는 광경을 보고 있자니 어찌 감격스럽지 않을 수 있겠습니까?

이런 사람들을 만날 때면 저는 우리 사회에 '새로운 물결'이 밀려온다는 확신을 갖게 됩니다. 희망은 마치 바이러스처럼 퍼지는 경향이 있습니다. 한 사람이 조심스럽게 피워내는 희망은 작고 초라할지도 모르지만, 그 희망이 옆 사람에게 전염되고 또 그 옆 사람에게 전파되면서 우리 사회에 곳곳에 퍼진다면 이는 엄청난 에너지가 될 것입니다. 지금 이 순간 좌절을 겪고 있는 분들, 그리고 그 분들에게 작은 희망의 씨앗을 건네고 싶은 분들이 더 이상 미루지 않고 손을 잡는다면 희망은 금세 싹이 트고 자라서 아름드리 나무를 피우게 될 것입니다.

김근태 ✤ 경기도 부천에서 태어나 경기고와 서울대학교 경제학과를 졸업했다. 60년대를 제적과 강제 징집으로, 70년대는 수배와 피신으로, 80년대는 고문과 감옥 생활로 혹독한 시간을 견뎌야 했다. 1987년에는 부인 인재근 씨와 함께 케네디 인권상을 수상했고, 1988년에는 함부르크 자유재단으로부터 '세계의 양심수'로 선정된 바 있다. 이후 지속적인 재야활동을 통해 개혁세력의 대표로 활동했고, 현재 보건복지부 장관으로 있다. 지은 책으로는 옥중서간집 《열린 세상으로 통하는 가냘픈 통로에서》, 사회비평집 《희망의 근거》, 《희망은 힘이 세다》 등이 있다.

# 희망은 저만치

박원순

1998년, 나는 미국을 두 달째 여행하고 있었다. 미국사회 곳곳을 둘러보고 견문하기 위한 여행이었다. 국무성, 검찰청, 교도소에서부터 기업, 대학 등 다양한 기관과 단체를 방문하고 인터뷰하였다. 미국사회가 지닌 여러 모습을 면밀히 살펴보고 꼼꼼히 기록해 책으로 낼 작정이었다. 그런데 눈에 번쩍 뜨이는 것이 있었다. 바로 '재단'의 발견이었다. 노스캐롤라이나의 '트라이앵글 리서치 커뮤니티 파운데이션', 피닉스의 '메이커 위시 파운데이션' 등이 나의 영감을 자극한 재단들의 이름이었다. 마침내 그후 이 영감은 나를 뉴욕의 '재단연합'(Concil on Foundations)과 '제3섹터'(Independent Sector)를 방문하게 만들었다.

마이크로소프트의 빌 게이츠 회장 역시 기업가로서의 명성도 명성이지만 자선과 기부에서의 명성도 이에 못지 않다. 1994년 1월 1일 멜린다 게이츠와 결혼한 그는 자선재단 빌 앤드 멜린다 게이츠 재단(Bill & Melinda Gates Foundation)을 창립했다. 이 재단을 통하여 그가 전 세계에 걸쳐 전체기부금 이외에 교육, 보건, 인구문제, 기술발전 문제 등에 직접 무상 공여한 교부금만도 70억 달러를 넘는다. 〈비즈니스 위크〉는 지난 98년부터 2002년까지의 기부총액을 기준으로 순위를 매긴 결과 이 재단이 4년간 235억 달러(약23조 5000억원)로 1위를 차지했다고 발표했다. 이는 빌 게이츠가 가지고 있는 전 재산의 60%에 해당하는 액수다.

그러나 이것은 미국의 부자가 하는 자선의 한 예일 뿐이다. 정도의 차이는 있지만 자선은 이미 부자의 한 습관이고 문화가 되었다. 미국의 부자들이 존경받는 이유가 바로 여기에 있다. 굳이 '청교도적'이라는 접두사를 붙이지 않더라도 자본주의가 지속가능한 제도로서 성숙하고 발전하려면 이런 부자들의 아름다운 기부와 나눔의 행태가 전

제되지 않을 수 없다. 그런데 미국에서는 이러한 기업재단보다는 개인재단이 훨씬 더 큰 비중을 차지하고 있다. 약 89%의 재단이 개인재단인 것이다. 현재 미국에는 약 6만 6000개에 이르는 재단들이 있다. 이들은 전국에 산재하면서 동네의 부의 다과를 불문하고 일반 시민들로부터 일상적인 모금활동을 하면서 기부액과 기금의 규모를 계속 늘려가고 있다. 지난해 한 해만 해도 총 324억달러(약 32조 4000억원)를 모금하여 303억달러를 기부한 2003년에 비해 4.1% 늘어난 것으로 알려졌다.

나는 당시 미국여행을 마치고 돌아와 예정대로 그 인터뷰와 관찰 내용을 책으로 펴냈다. 그러나 언제나 그렇듯이 내 책은 겨우 수천부에 팔리고 말았다. 나는 초판밖에 안 팔리는 이른바 '초판클럽'의 멤버였던 것이다. 그러나 책

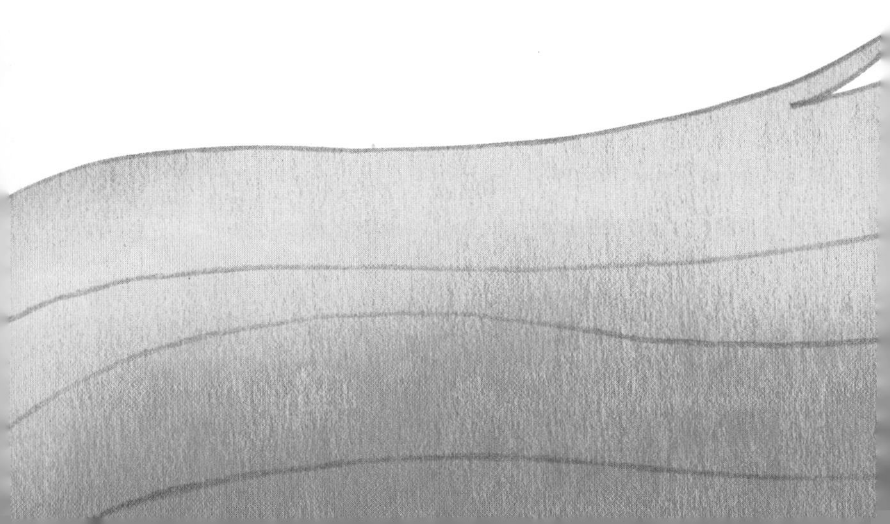

을 내는 것으로 만족할 수 없었다. 미국 재단들의 규모와 역할에 대해 큰 감동을 받았던 나는 주변 인사들에게 지금과는 전혀 다른 새로운 종류의 재단 창립을 꼬드겼다. 과거 우리나라에서 재단이란 부자가 큰돈을 내놓고 그 기금으로 장학금이나 주고 문화사업이나 하는 것이 상례였다. 더구나 상속의 한 편법으로 재단이 활용되는 것이 숨길 수 없는 현실이었다. 그런데 평범한 시민들로부터 모금하고 시민들과 지역사회를 위해 사용하고 시민들의 관점에서 운영해가는 그런 재단이 생겨나야 하지 않는가라고 나는 설득했다. 이렇게 창립한 것이 '아름다운재단'이었다.

1년간의 준비과정을 거쳐 정식으로 창립한 것이 2000년 9월이었으니 올 9월이 되면 아름다운재단은 5주년을 맞는다. 아름다운재단은 아직 신생재단에 불과하다. 그러

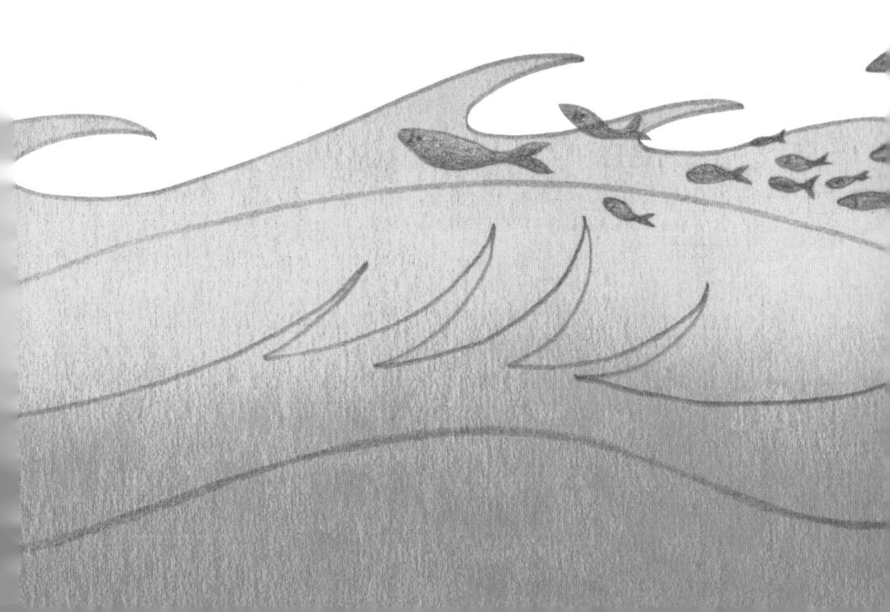

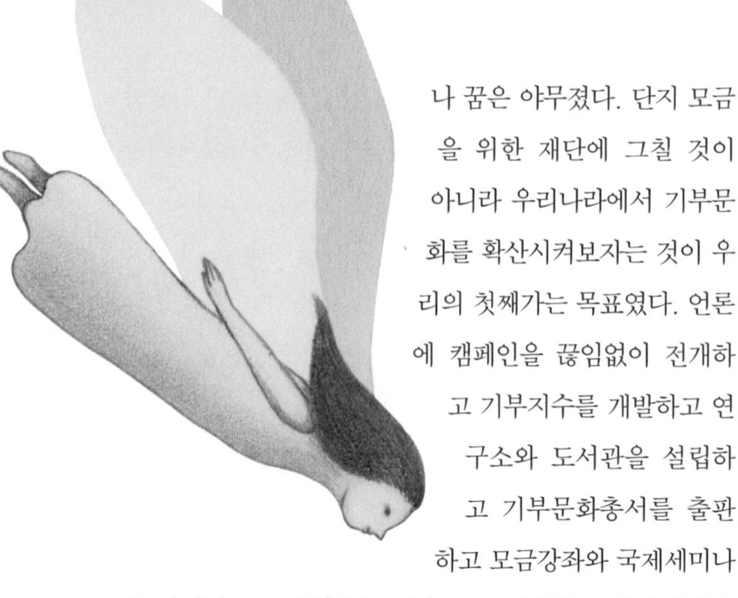

나 꿈은 야무졌다. 단지 모금을 위한 재단에 그칠 것이 아니라 우리나라에서 기부문화를 확산시켜보자는 것이 우리의 첫째가는 목표였다. 언론에 캠페인을 끊임없이 전개하고 기부지수를 개발하고 연구소와 도서관을 설립하고 기부문화총서를 출판하고 모금강좌와 국제세미나를 정기적으로 개최하는 것이 바로 이러한 노력의 일환이었다. 특히 자신의 수입과 가진 모든 것의 작은 부분을 이웃과 나누자는 1% 나눔운동과 헌 물건을 기부받아 수선하고 이를 팔아 그 수익을 나누려는 '아름다운가게' 운동은 나눔과 기부를 평범한 시민들의 일상적인 생활 속으로 끌어들이려는 시도였다.

이렇게 하여 1%에 참여한 사람들만 이제 2만 3천명을 넘고 그 누적 금액도 50억 원이 넘어 섰다. 개미군단의 위력이다. 그러나 규모만으로 이 현상을 설명하기 어렵다. 그 속에는 행상, 구두닦이, 사회복지 수급권자 등 우리 사회에서 가장 하층민에 해당하는 사람들도 적지 않다. 도움을 받아야 할 사람들이 오히려 도움에 나선 것이다. 막 태어난 자신의 아이를 위한 1%, 결혼 축의금을 모아 신혼의 출발을 나눔과 함께한 신혼부부도 있다. 아름다운재단 1% 나눔운동에 참여하고 있는 사람들의 이야기들은 그 하나하나가 눈물과 감동이다. 아름다운가게도 창립 3년만에 전국에 44개가 들어섰다. 수십만 명의 기증자, 구매자, 2천명이 넘어선 정기적 자원활동가들이 모두 천사(실제 아름다운가게에서는 이들을 기증천사, 구매천사, 활동천사라고 부른다)들처럼 일상적인 나눔에 참여하고 있다. 거의 모든 언론이 나눔을 화두로 다양한 자선 캠페인을 펼치고 있는 것도 아름다운재단의 나눔운동의 한 여파라고 본다. 이제 나눔은 분명 우리 시대의 '화두'가 되었다.

사람들은 세상의 각박함과 살벌함에 한탄을 보낸다. 과연 이웃을 위해 자신의 곳간을 열고 호주머니를 터는 사람이 있을까 의심한다. 헌 물건을 쓰지 않는 한국 사람들의 특성상 재활용자선가게인 아름다운가게는 장사가 안 될 거라고들 했다. 그러나 나는 생각이 달랐다. 한국 사람들은 원래 인정이 많은 사람들이다. 옆집의 어려움을 보고 그냥 지나치지 않는 민족이다. 나는 가난한 농촌에 살면서 자신

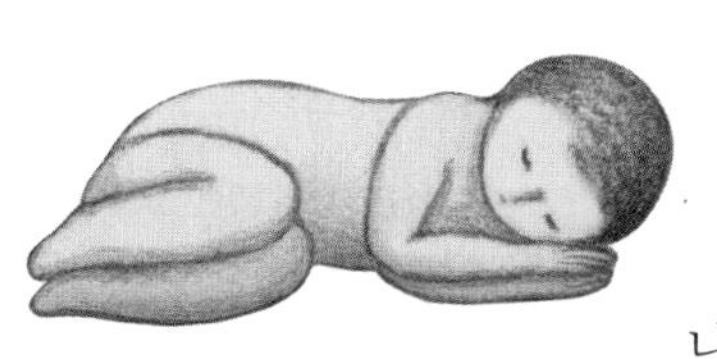

의 집 곳간이 비었는데도 구걸 오는 거지를 그냥 빈손으로 돌려보내지 않는 모습을 수없이 보면서 자랐다. 비록 우리가 일제치하의 혹독한 고난과 분단과 전쟁, 가난과 독재의 수난을 거치면서 마음의 문을 닫아버리기는 했지만 우리의 본성을 되살리는 것은 어렵지 않다고 보았다. 아름다운재단 5년을 지나면서 나는 그 인식이 맞았다는 사실을 확인하였다. 부자와 가난한 이들 모두가 좋은 명분과 정확하고 투명한 회계, 전문적인 지식만 갖추고 있으면 기꺼이 기부하고 참여하려 하였다.

물론 아직은 세계 최고의 자선 사회인 미국을 따라가기 위해서는 많은 과제가 남아 있다. 기부자에게는 인센티브가 따르는 조세제도가 도입되어야 하고 어릴 때부터 나눔의 습관이 몸에 배야 한다. 눈앞에 굶주리는 사람을 보고 돈을 내는 즉자적이고 감성적인 기부보다는 어느 쪽에 돈을 내는 것이 사회의 풍요와 발전에 도움이 되는 것인지 잘 판단하는 이성적인 기부로 바뀌어야 한다. 자식에게 무조건 모든 것을 물려주어 자식의 독립심을 해치고 형제들끼리의 분쟁을 야기하는 상속 관행도 바뀌어야 한다. 무엇보다 어떻게 사는 것이 가장 보람되고 훌륭한 삶이며 삶의 성취로서의 자산을 어떻게 정리하는 것이 가장 보람 있는 삶으로 만드는지에 대한 철학적 성숙이 우리에게 필요하다. 목수가 연장을 탓하는 것처럼 모금운동가는 기부환경이나 기부법제, 주변 환경을 탓할 수는 없다. 기부운동을 전개하는 모금단체들의 전문성과 투명성도 이러한 아름다운 사회를 앞당기는 데 필수불가결한 요소가 된다. 다른 나라에서 유행처럼 번지고 있는 지역재단(community foundation)도 많이 늘어나야겠다. 그러고 보면 아직도 가야할 길이 멀다. 그러나 희망은 저만치 있다.

박원순 1956년 경남 창녕에서 태어났다. 인권변호사로서 1980~1990년대를 보냈다. 영국과 미국에서 유학한 후 1993년 귀국해 참여연대 사무처장을 맡으며 시민운동에 투신했다. 2002년부터 '아름다운재단'과 '아름다운가게'를 통한 새로운 시민운동 영역에 몰두하고 있다. 지은 책으로는 《역사를 바로 세워야 민족이 산다》, 《세상은 그를 잊으라 했다》, 《내 목은 매우 짧으니 조심해서 자르게》 등이 있다.

2부

두 번째 이야기

# 희망

# "괜찮아요, 잘린 다리는 다시 자라나요!"

김용해

유난히도 무더웠던 1998년 여름. 어느 날, 잘 아는 분에게서 전화가 걸려왔다. 어제 황혜경 씨가 뮌헨 대학병원으로 옮겨왔으니 함께 방문하지 않겠느냐는 것이었다.

황혜경 씨(데레사)와 그의 남편 백경학 씨(미카엘). 이들 부부는 불과 몇 달 전까지만 해도 뮌헨의 한인 사회에서 가장 행복한 젊은 부부요, 남을 돕는 일에 가장 앞장 선 모범적인 가정이었다. 백미카엘 씨는 한국 언론재단의 지원으로 독일 통일문제를 공부하러 온 기자였고, 서울시 전문직 공무원이었던 황데레사 씨는 휴직을 하고 남편을 따라 독일에 왔던 것이다.

두 분이 뮌헨에 오고 나서 한인 교회 공동체와 한인사회는 이 분들 덕분에 모처럼 활기가 넘쳤다. 미카엘 씨는 독일의 통일이나 지방자치체의 문화에 대한 공부뿐만 아니라 남독일의 다양한 역사, 문화에 대한 취재의욕이 넘쳐서 다양한 사람들을 만나고, 혹은 집에 초대하여 토론하는 일이 많았다. 그럴 때 데레사 씨를 가까이서 보면, 남편과 함께 기꺼운 마음으로 손님을 잘 대접하고 기쁘게 토론에 참여했다.

그렇게 어느덧 1년여 기간이 지나고 연수기간이 끝나게 되자 남편 백미카엘 씨는 한국으로 떠나기 전에 부인에게 멋진 유럽 여행을 선물하고 싶었다. 그런데 그렇게도 고대하던 여행을 떠난 지 며칠 후, 미카엘 씨에게서 다급한 전화가 걸려온 것이다. 떨리는 목소리로 미카엘 씨가 전해온 이야기는 너무도 충격적인 것이었다. 영국의 북쪽 지방에서 런던으로 돌아오는 도중에 교통사고를 당해 부인이 사경을 헤매고 있다는 것이다.

눈앞이 아찔하였다. 세상에 이럴 수가. 하늘도 무심하시지! 그렇게 선량한 사람들에게 그 같은 시련이라니. 나는 황급히 독일인 원장 신부님께 사정을 알리고 런던을 경유하여 글래스고로 향하는 마지막 비행기에 가까스로 올랐다. 굉음과 함께 캄캄한 밤하늘을 가르는 비행기에 피곤한 몸을 맡기고 눈을 붙이면서 서서히 나는 이 가족의 운명에 빠져들게 되었던 것이다.

사고를 당한 황데레사 씨는 영국 시골 병원에서 세 차례나 수술을 받았지만 결국 한 쪽 다리를 절단해야 했다. 느닷없는 사고로 행복한 삶의 자리를 뿌리째 뽑힌 채 망연자실해 있을 이 부부에게 도대체 우리는 어떤 위로를 할 수 있단 말인가?

대학 병원에 가보니 벌써 많은 한인들이 와 있었다. 함께 병실에 들어 간 몇몇 부인들은 "민주 엄마, 이럴 수가……." 하면서 말을 잇지 못하고 울음을 터뜨렸다. 우리는 담담하게 누워 있는 그녀의 손과 몸을 어루만지며 안타까워 할 수밖에 없었다.

그런데 그 때 엄마 옆에 줄곧 서 있던 일곱 살 배기 딸 민주가 대뜸 소리쳤다.

"슬퍼하지 마세요. 우리 엄마 다리는 또다시 자라나면 되잖아요? 잘려진 나뭇가지가 또 자라나듯이 우리 엄마 다리도 곧 자라날 거예요."

그러자 옆에 있던 민주 친구 난이도 맞장구를 쳤다.

"민주 말이 맞아요. 텔레비전에서 보았는데 도마뱀도

꼬리가 잘리면 또 자라나요."

'아니, 민주엄마의 다리가 다시 자라날 거라고 믿다니.'

어른들은 슬픔에 잠겨 아이들의 말을 흘리고 있었지만, 나에게는 이 말이 하느님의 계시처럼 느껴졌다.

'하느님께서 많은 하등 생명체에게는 재생의 잠재력을 주셨는데, 왜 인간에게는 그런 잠재력을 주시지 않았을까? 그래, 이 어린이들의 말처럼 하느님께서는 인간에게도 분명히 어떤 형태로든 재생 가능성을 주셨을 거야.'

잠시 후 나는 마음을 가다듬고 주위에 계시는 분들에게 함께 기도하자고 제안하였다.

"모든 생명을 창조하시고 주관하시며 완성시키시는 하느님, 갑작스러운 불행한 사태에 저희는 무어라 말을 해야 할지를 모르고 있습니다……. 당신께서는 우리 인간의 사고와 상상을 훨씬 뛰어넘는 전지전능하신 분이십니다. 아직은 우리가 어떤 의미도 깨닫지 못하고 울부짖고 있지만, 장차 당신의 창조경륜 안에서 의미를 찾아 나갈 수 있도록 도와주십시오. 당신이 사랑하시는 어린이들, 민주와 난이가 이 슬픔 속에서도 믿고 희망하는 것을 방금 표현했듯이 저희 또한 믿고 희망합니다. 민주 엄마의 다리가 빨리 자라날 수 있도록 당신의 은총으로 도와주십시오!"

하느님이 인간을 피조물 중에 가장 존엄하게 창조하셨고, 따라서 나무나 도마뱀 지체의 재생과는 비교도 되지 않을 정도로 놀라운 방법으로 재생시키신다는 것을 확인하게 된 것은 6년 후인 지난 2004년 8월 17일이었다. 이날 나는 프레스 센터에서 열린 장애인 재활병원 설립을 위한 푸르메재단 창립총회에 이사로 참석하고 있었는데, 불현듯 지난 6년여 기간 동안 이 가족이 처해 있던 고통을 상상해 보면서 깊은 감회에 젖어들게 되었다.

엄마의 다리가 자라날 것이라던 민주의 말대로 데레사 씨의 다리는 6년 사이에 부쩍 자라고 있었다. 나는 영국의 글래스고 근처 시골 병원, 다시 독일 뮌헨의 병원 그리고 귀국 후 서울의 한 병원에서의 치료와 재활교육을 받는 동안 이 부부를 계속 지켜보아 왔다. 그런데 무엇보다 놀라운 것은 이 부부가 자신들의 삶의 뿌리를 흔들고 지나간 폭풍 속에서도 이성과 사랑으로 수많은 난관을 버텨냈고, 삶의 희망의 끈을 결코 버리지 않았으며 더욱 견고한 부부애로 나아가고 있다는 점이었다.

게다가 그 와중에 얼마나 많은 사람들이 이런저런 형태로 이 부부에게 도움이 되어 주었으며, 이 부부는 또 함께 한 이들로부터 얼마나 깊은 사랑을 받게 되었는가? 이 부부는 6년 전에는 전혀 예상하지 않았던 장소에서, 예상치 않았던 일을 하면서 현재를 살아가고 있지만 이웃과 함께 누구보다도 기쁘고 행복하게 삶을 잘 살아가고 있지 않은가.

간혹 나는 데레사 씨를 위해 특별히 설계한 일산의 집에 놀러 가는데, 늘 아늑한 독일의 시골 마을에 온 기분을 느낀다. 항상 이웃들과 넉넉한 마음으로 함께 하면서 음식도 나누고, 기도도 함께 하며 즐기는 것을 보면 여간 감동스럽지 않다. 더군다나 이들 부부는 데레사 씨가 소송 끝에 받게 된 사고 보상비 10억과 미카엘 씨가 독일맥주집을 운영하며 얻은 주식을 보태어 장애인전문 재활병원을 설립하겠다는 의지를 키우고 있으니, 이들의 행동이야말로 우리나라의 열악한 장애복지를 개선할 수 있다는 희망이 아니겠는가. 무엇보다 우리의 꿈 많고 상상력 풍부한 민주가 영국의 대안학교 서머힐 대신에, 아빠와 의논 끝에 한국의 대안학교를 선택할 정도로 잘 성장하고 있으니 얼마나 장한 일인가? 과연 '모든 것을 합하여 선으로 이끄시는 하느님의 뜻은 참으로 오묘하구나!' 라고 외칠 수밖에 없다.

이 부부의 운명을 지켜보면서, 인간은 불행한 체험을 통해 자신의 한계를 철저히 인식하게 되고, 동시에 자신에게서 해방되어 새로운 생의 지평을 열게 된다는 사실을 확신하게 되었다. 독일의 실존철학자 칼 야스퍼스는 인간이 한계상황을 체험하면서 비로소 영원한 존재를 보게 된다고 하였다. 데레사 씨 부부는 오히려 다리를 잃고 나서 영원한 걸음걸이를 힘차게 내딛기 시작했다. 하느님은 감당하지 못할 시련은 주시지 않는다고 하던데 과연 그렇구나. 세상에는 풀리지 않는 문제란 있을 수 없다. 어떠한 난관이 닥치더라도 희망과 믿음을 잃지 않고 견디어 내면 이웃과 사회는 어느덧 벗이 되어 함께 한다. 어디 그뿐이랴. 고난을 이겨낸 분들이 고통 속에 있는 이들과 굳게 연대하며 고난을 극복할 수 있는 창조적 조언과 봉사를 하는 태도는 사회와 이웃에 밝은 빛을 비춘다. 인간은 물리적인 다리를 재생시켜 얻을 수는 없다. 하지만 새로운 현실에 적응할 수 있는 능력과 더불어 주위의 협력과 사랑으로 건강한 다리를 얻을 수 있다. 더불어 살아감으로써 더 큰 생명이 우리 안에 탄생하는 것이다.

이번 주말에는 일산의 푸르메 마을을 방문해야겠다. 민주와 데레사, 미카엘 씨는 물론이고 그들과 더불어 살아가며 참 생명을 나누는

벗들도 오랜만에 보고 싶다. 그리고 민주네 식구에 대한 이야기를 듣고 감동을 받은 한 시인이 대신 전해달라며 내게 건넨 그의 자필서명 시집도 전해주어야지.

김용해 ❧ 목포고와 전남대학교 법학과를 졸업했다. 1986년 한국 예수회에 입회했으며, 1988년 서강대학원에서 철학을 전공한 뒤 유학을 떠났다. 오스트리아 인스부르크대학과 독일 뮌헨대학에서 신학과 철학으로 석사와 박사학위를 받았다. 뮌헨 칼 바로메오 성당의 보좌신부로 지냈으며 학위를 마치고 귀국해 현재 서강대 신학대학원 철학과 교수와 푸르메재단 공동대표로 일하고 있다.

# 마음의 태로 낳은 아이들

신주련

저는 언제부턴가 고아원을 설립하자는 꿈을 갖게 되었습니다. 아마도 학교를 졸업한 후 직장생활을 하면서 틈틈이 고아원 봉사활동을 했던 것이 계기가 되었던 것 같습니다.

### 고아원 설립의 꿈에서 시작한 입양

1997년 연말에 닥친 IMF경제위기로 많은 가정이 위기에 처했습니다. 가정의 위기로 누구보다 큰 고통을 받는 건 아이들이었습니다. 어느 날 방송에서 그런 아이들의 모습을 보던 된 우리 부부는 문득 미안한 생각이 들었습니다. 그래서 '저 아이들 중에 한 명이라도 입양하자'고 마음먹게 되었고, 이듬해인 1998년 5월에 생후 2개월 된 하영이를 우리 딸로 맞이하게 되었습니다.

처음부터 온 가족이 입양을 찬성한 것은 아니었습니다. 믿는 가정인 친정에서는 하영이를 환영했지만 시어머니께서는 별로 반기지 않으셨습니다. 덩치 큰 현찬이는 번쩍번쩍 안아주시면서도 어린 하영이에게는 눈길 한 번 주시지 않으셨으니까요. 하지만 막상 그렇게 하시고 나니 마음이 편치 않으셨는지

"얘들아, 내가 아무리 생각해도 너희들이 참 장한 일을 했구나."

라고 말씀하셨습니다. 그리고 하영이의 교육보험증서를 내놓으시면서

"내가 힘 닿는 데까지 넣어주마"

하셨습니다.

우리 가족이 된 하영이는 무척이나 건강했고, 행동 발달도 빨랐습니다. 우리는 10년 만에 다시 자녀를 기르는 기쁨을 누렸습니다. 하영이가 너무나 사랑스럽게 커가는 모습을 보면서 '부모 잃은 아이에게 필요한 것은 가정'이라는 사실을 알게 되었습니다. 그래서 고아원을 운영하자

던 꿈을 바꾸어 몇 명이 되든 힘닿는 데까지 입양을 하자고 결심하게 되었습니다.

그렇게 해서 생후 한 달된 아영이가 우리의 둘째 딸이 되었습니다.

### 다시 입양으로 얻은 둘째 딸

그런데 생후 34주만에 2.4킬로그램의 미숙아로 태어난 아영이는 처음 우리집에 온 날부터 심상치 않았습니다. 낮이고 밤이고 울어대고 온 몸이 뻣뻣하여 업기는커녕 안고 있는 것조차 힘들었고, 하루에도 몇 번씩 손발을 떨고 숨을 거칠게 몰아쉬었습니다.

여러 병원을 거친 후에야 아영이가 '선천성 뇌기형'이란 병을 갖고 있음을 알게 되었습니다. 태어날 때부터 뇌가 기형인 상태로, 좌우뇌를 막아주는 막이 없고, 좌뇌와 우뇌가 조금씩 비어 있다고……. 앞으로 간질을 할 것이고 정신지체에 언어장애에 사지마비의 증상까지 있을 것이라는 것이었습니다. 아영이의 환한 미소를 생각할 때 도대체 믿어지지 않는 검사 결과였습니다. 그렇지만 우리 부부는 많은 수고가 필요한 아영이를 우리 가정에 맡겨주신 하나님께 도리어 감사했습니다. 아영이를 잘 돌보리라 믿어주신 것이니까요.

### 나중에 알게 된 선천성 뇌기형, 그리고 주위의 파양 권유

병원에 다녀온 이후, 양가 어머님을 비롯한 지인들은 한결같이 걱정을 했습니다.

"왜 평생 안 져도 될 짐을 지려고 하느냐? 지금은 어려서 그렇지 곧 후회하게 될 거다"

하지만 저는 이렇게 대답했습니다.

"그냥 키울 겁니다. 아영이는 우리 집에 올 때부터 아픈 상태였구요. 지금 병을 알았다고 달라질 건 없어요. 나중 일은 그때 가서 생각하고 지금은 그냥 아영이가 하는 예쁜 짓 보고 행복해 하렵니다."

그런 저의 태도에 친정어머니는 끝내 몸져 누우셨습니다.

아버지를 일찍 여의고 혼자 고생하시면서 우리 네 딸을 키우시고 이제는 행복해하시던 어머니께서 식사까지 마다

하고 마음 아파하신다는 이야기에 저는 목이 메었습니다. 어머니께 전화를 걸어 "왜 식사도 안 하시고 그래요. 그냥 제 걱정은 하지 마시고 어머니 사시던 대로 편하게 사세요."라고 말씀드렸더니 어머니는 "너는 니 아픈 딸 때문에 울제? 나도 내 딸 고생하는 것 때문에 마음이 아파서 운다."고 말씀하셨습니다. 이유야 어찌되었든 저로 인해 염려하시는 어머니 앞에서 저는 죄인이었습니다.

친정어머니뿐만 아니라 가까이 지내는 이들 대부분이 매일같이 파양을 권유했습니다. 그렇게 아영이를 돌려주라는 말은 우리에게 너무나 큰 고통이었습니다.

### 재활치료를 위해 이 병원 저 병원으로, 이산가족 생활 끝에 이사

우리가 살던 대전에서는 아영이를 제대로 치료할 수 없었습니다. 대부분의 치료기관에서 1년 이상 순서를 기다려야 한다는 것이었습니다. 어릴 적 치료가 너무 중요하다는데 무턱대고 기다릴 수는 없는 노릇이었습니다. 그래서 부모 교육 겸 서울에 있는 신촌 세브란스병원에 한 달간 입원을 했습니다.

한 달간의 입원치료를 마치자 뻣뻣하던 아영이의 몸이 많이 부드러워지고 꼭 쥐고 있던 손을 조금씩 펴고 놀기도 했습니다. 그런데 집으로 돌아와 치료를 해보려고 애썼지만 아영이에게 배정된 시간은 일주일에 한 번이 고작이었습니다. 할 수 없이 그 이후 또다시 경기도 일산병원에 세 차례 더 입원을 하게 되었습니다.

2001년 1월부터 6월까지 네 차례 입원하면서 우리 식구는 졸지에 이산가족이 되었습니다. 저와 아영이는 서울 쪽의 병원에서 지내고, 아들 현찬이와 남편은 대전 집에서, 그리고 돌볼 사람이 필요한 하영이는 부산의 언니 집에서 지내게 된 것입니다.

입·퇴원이 계속되면서 오랜 시간동안 가족들이 멀리 떨어져 지내야 하는 것은 또 다른 아픔으로 다가왔습니다. 하영이라는 말만 들어도 눈물이 쏟아질 지경이었습니다.

우리는 더 이상 온 가족이 뿔뿔이 흩어져 살 수 없다는 생각에 서울로 이사를 하기로 했습니다. 남편은 십년 넘게 일해 왔던 직장에 사표를 냈습니다. 모두가 취직이 힘들던 때 직장을 그만두자니 불안한 마음이 없었던 건 아닌데, 감사하게도 2개월만에 서울 근교의 성남으로 직장이 구해졌습니다. 그리고 우리 가족은 2001년 12월에 이사를 했습니다. 이제 우리 가족은 다시 흩어지지 않고 모여 살게 된 것입니다. 게다가 아영이는 월요일부터 토요일까지 계속해서 재활치료를 받을 수 있게 되었으니 무척 다행이었습니다.

### 축복 덩어리 딸들로 새롭게 얻은 행복

보통 사람들은 우리가 아픈 아영이를 키우면서 경제적으로도 어려워지고 슬픔과 고통만 있을 것이라고 생각하지만 그것은 잘못된 생각입니다. 우리는 전보다 훨씬 행복해졌습니다. 아영이가 우리에게 잔잔한 기쁨을 많이 주기 때문입니다.

치료를 열심히 해오던 중 꽉 쥐고 있던 주먹을 어느 날 펴고 놀 때, 또 아영이를 업었을 때, 말을 못하는 아영이가 아빠 엄마 오빠 언니 모두 눈동자로 구별해낼 때의 기쁨은 무어라 표현할 수 없을 만큼 큽니다. 아영이는 우리뿐만 아니라 모든 이들에게 해맑은 미소로 함박웃음을 선사하며 기쁨을 줍니다.

아영이로 인해 얻은 것은 또 있습니다. 예전에는 내가

가지고 있는 모든 것들이 당연한 것인 줄 알고 감사할 줄 몰랐습니다. 하지만 아영이로 인해 그런 평범한 일상이 얼마나 감사한 것인지 깨닫게 되었습니다. 우리가 꼭 알아야 할 귀한 교훈을 날마다 주고 있는 아영이는 틀림없는 우리 가정의 '축복 덩어리'입니다. 엄마인 제가 바라는 것이 있다면 우리에게 많은 깨달음과 기쁨을 안겨준 두 딸이 우리들로 인하여 더 많이많이 행복해졌으면 하는 것입니다.

신주련 ✤ 고등학교를 졸업하고 1981년 조흥은행에 입사했다. 1987년에 결혼, 2년 뒤 아들 현찬이를 얻었다. 1997년 IMF 이후 부모로부터 버려지고 고통받는 아이들을 보면서 입양을 결심했다. 이듬해 둘째 하영이를 입양했고, 2000년에는 뇌병변 1급 장애를 앓고 있는 아영이를 셋째로 입양했다. 현재 한국입양홍보회 경기동부지역 대표와 홀트아동복지회 입양가족모임인 '홀트한사랑회' 회장을 맡아 국내입양의 중요성을 널리 홍보하고 있다.

# 가난한 종지기 동화 작가

김영현

권정생 선생하면, 지금은 〈몽실 언니〉를 지은 작가로, 또 교과서에도 나오는 동화 〈강아지 똥〉의 작가로 널리 알려져 있지만, 20년 전까지만 해도 그이의 이름을 아는 사람은 드물었다. 그이를 내게 처음 소개해주신 분은 작고하신 이오덕 선생이다. 알다시피 이오덕 선생은 평생 동안 어린이 문학과 바른 글쓰기에 혼신을 다하신 분이다.

권정생 선생을 처음 만난 것은 웅진출판 편집장으로 일하고 있던 80년대 초였다. 그때 나는《어린이 마을》이라는 종합 교육서에 들어갈 동화를 이오덕 선생께 추천해 달랬는데, 바로 〈강아지 똥〉을 추천해주셨던 것이다. 그리고 덧붙이시길, 그이는 시골의 작은 교회에서 종지기를 하며 지내는데, 거처에는 생쥐가 와서 밥을 얻어먹기도 하고, 여름에 함께 자도 유독 그이만은 모기가 물지 않는다는 것이었다. 나는 속으로 약간 반신반의하면서도 이오덕 선생이 농담이나 실없는 소리를 하고 다니실 분이 아니라는 것을 잘 알기에 호기심이 일었다.

얼마 후 나는 〈강아지 똥〉을 저학년 아이들이 읽기 쉽게 다듬고, 그것을 허락받을 겸 인사도 드릴 겸, 권 선생께 서울 나들이를 권하려 했다. 그런데 이오덕 선생 말씀이 권 선생이 몸이 불편하셔서 수십 년째 먼 길 외출을 삼가시고 있다는 것이었다. 할 수 없이 내가 직접 안동으로 내려가기로 했다.

때는 바야흐로 추수도 끝난 지 한참 지난 어느 늦가을이었다. 나는 예의를 차린답시고 평소와 달리 넥타이까지 맨 정장 차림으로 버스를 탔다. 변변한 주소도 약도도 없이 그저 안동군 일직면에 가서 교회 종지기를 하는 동화작가 권 아무개를 찾으라는 이오덕 선생의 말씀만을 되뇌이면서.

지금은 고속도로가 사방팔방으로 뚫려 몇 시간이면 갈

수 있지만, 그때만 해도 안동을 가려면 버스를 타고 지방 도로를 따라 온종일 달려야 했다. 안동에서도 일직면 가는 버스로 갈아타고 한참을 달린 끝에 어딘가에 내리긴 했는데, 막막하기만 했다. 다짜고짜 아무 구멍가게에 가서 이 부근에 동화 쓰시는 권 아무개 선생이라는 분이 있냐고 물었다. 하지만 가게 안에 앉아있던 촌로들은 고개를 외로 틀고 서로 바라보며 눈만 껌벅거릴 뿐이었다.

"교회에서 종을 치며 사신다고 들었는데……."

나는 그이들의 눈빛을 초조하게 바라보며 말끝을 흐렸다. 그 순간 노인 한 분이 밖으로 나오며 길 끝 어딘가를 가르키셨다.

"가만 있자……. 저어기 사는 그 영감인지 몰라."

무거운 가방을 맨 채 땀을 뻘뻘 흘리며 노인이 일러준 대로 한참 걸으니 마침내 양철지붕 끝에 얌전히 고개를 내밀고 있는 십자가 하나가 보였다. 다가가 보니 허름한 농가처럼 생긴 작은 건물과 옛날식 종루가 서있는 비좁은 마당이 나타났다. 마치 초짜 도둑질이라도 나선 양 조심스럽게 마당 안으로 들어간 나는 툇마루에 앉아 있는 늙수그레한 남자 어른과 마주쳤다. 허름한 옷에 고무신을 신은 그이는 비쩍 말랐지만 한 눈에도 매우 기품 있고 평화로운 인상이었다. 그이와의 첫 만남은 이렇게 하여 이루어졌다.

그이를 따라 들어간 방은 책꽂이도 없이 사방에 온통 아슬아슬하게 쌓아둔 책 때문에 두 사람의 무릎이 닿을 만큼 비좁았다. 윗목에는 1인용 밥통 하나와 그릇 몇 개, 고무줄로 건전지를 묶어놓은 낡은 라디오 하나가 있었는데, 언뜻 보기에도 살림은 그게 전부인 듯했다.

원고를 선생께 보여드렸더니 그이는 고개를 끄덕이셨다. 됐다는 뜻이었다. 나는 속으로 안도하며 원고료가 든 봉투를 드렸다. 당시로서는 꽤 많은 금액이라 은근히 뽐내는 마음이 없지 않았다. 그런데 봉투를 열어본 그이가 대뜸 하시는 말이, 원고료가 왜 이렇게 많으냐는 것이었다.

"예?"

나는 의아한 표정으로 그이를 쳐다보았다. 지금까지 원고료가 적다고 불만을 표하는 필자는 수없이 많이 봐왔지만 원고료가 많다고 뭐라 하는 사람은 처음 봤기 때문이다. 권 선생은

"배추 한 포기 값이 얼만데……."

라고 중얼거리며 봉투를 쌓아놓은 책 위에 툭 던져 놓으셨다. 그러니까, 농사꾼의 품에 비해 자신의 원고료가 터무니없이 많다는 뜻이었다. 나는 본의 아니게 죄 지은 꼴이 되었지만, 가슴 안 쪽 어디쯤에선가 통쾌한 웃음 같은 것이 흘러나오는 것을 느낄 수 있었다. 느끼한 양식류

를 먹고 나서 깍두기 한 조각을 와드득 씹어 먹는 기분이랄까?

생각하면 나 역시 그런 방에서 얼마의 세월을 흘러 보냈던가. 열점 칠 평의 어두운 감옥. 아무 장식도, 물건도 없이 단지 책 몇 권만 놓인 그 가난한 방. 나는 그이의 그 방에서 오래간만에 그런 평화를 느꼈다. 그에 비하면 지금의 나는 얼마나 많은 것들을 가지고 있는가.

나중의 일이지만, 어느 방송국에서 〈느낌표〉라는 프로그램을 기획한 적이 있었다. 그 속에 책 추천하는 코너가 있는데 여기에 한 번 선정되면 수십 만부의 책이 순식간에 나가서 출판사나 저자나 갑자기 돈방석에 앉게 되었다. 물론 그 중에 3분의 2 이상을 벽지 도서관 건립에 희사하게 되어 있지만 그러고도 남는 것이 보통 억대는 넘었다. 그런데 여기서 권선생의 책이 선정되었던 것이다. 방송사 PD는 자랑스럽게, 약간은 거만한 마음으로 그이에게 사실을 알렸다. 그런데 권선생의 반응은 일언지하, "하지 마세요."였다. 당황한 PD는 설명을 하고 사정을 하였지만 대답은 끝내 'NO'였다. 자신의 책이 상업적으로 이용되는 것에 대한 단호한 거부였다. 이 일은 출판계에 적지 않은 화제가 되었다.

다시 옛날로 돌아가서, 얼마의 시간이 흘렀을까. 방을

나오려는데 그이가 먼저 일어나시더니 선반에서 부스럭거리며 무언가를 꺼내는 것이었다.

"먼 길 오셨는데 대접해 드릴 것도 없고……. 가면서 입맛이나 다시세요."

그것은 대꼬챙이에 곱게 꿴 곶감 꾸러미였다. 워낙 좋아하는 곶감인지라 얼른 받아서 가방에다 넣었다. 그이는 고무신을 끌고 버스가 오는 한길까지 배웅을 나와 주셨다.

우리는 버스를 기다리며 한길가에 무심히 서 있었는데, 마침 저녁노을이 탱자나무 울타리 위로 붉게 무너지고 있었다. 선선한 바람이 불어오자, 노을에 물든 그이의 흰 머리칼이 바람에 나부꼈다. 그 순간, 그이야말로 이 시대에 드물게 남아 있는 은자 중의 하나가 아닌가 하는 생각이 들었다.

나는 돌아가신 이오덕 선생이랑, 〈혼자만 잘 살면 무슨 재민겨〉를 쓰셨던 전우익 선생과 권정생 선생, 이 세 분을 영남삼현(嶺南三賢)이라 부르고 싶다. 각기 다른 삶을 사셨고, 성격도 다르지만 그분들이야말로 평생 변함없이 자신의 지조를 지키며 살아오신 분들이기 때문이다. 그 분들을 보면 마치 이 산하의 도처에 굳건하게 자리를 지키고 아름답게 늙어가는 고목 같다는 느낌을 받곤 한다.

이오덕 선생은 자신의 충주 돌집 한 쪽에 권정생 선생을 위해 손수 흙집을 지어놓으셨다. 불편한 몸을 감안하셔서 아늑하고 편하게 지어놓으신 것이다. 하지만 권 선생은 여전히 그 비좁은 방에서 살고 계신다. 20여 년 전에 콩팥과 방광 결핵 수술을 받고 석 달만 살아도 잘 사는 거라는 판정을 받았음에도 지금까지 자신과 가난한 이웃, 그리고 불행했던 이 나라의 역사를 사랑하며 살고 계신 것이다. 나는 그이의 가난과 낮은 마음이야말로 지금까지 생명을 지켜준 소중한 자산이었다고 생각한다. 그것은 누구나 쉽게 가질 수 있지만 아무도 쉽게 가질 수 없는 자산이다.

다음은 권 선생께서 20여 년 전 동화집 《강아지 똥》의 서문에 쓰셨던 글이다.

'거지가 글을 썼습니다. 전쟁 마당이 되어버린 세상에서 얻어먹기란 그렇게 쉽지가 않았습니다. 어찌나 배고프고 목말라 지쳐버린 끝에 참다못해 터뜨린 울음소리가 글이 되었으니 글다운 글이 못 됩니다. 너무도 불쌍하게 사시다가 돌아가신 어머님께 이 책을 바칩니다.'

김영현 ✿ 경남 창녕에서 태어나 서울대학교 철학과를 졸업했다. 1984년 창작과비평사 '14인 신작소설집'에 단편 〈깊은 강은 멀리 흐른다〉를 발표하면서 작품활동을 시작했다. 소설집 《그리고 아무 말도 하지 않았다》, 시소설 《차라투스트라의 사랑》, 시집 《겨울 바다》 등 다수의 작품이 있으며, 1990년 제23회 한국창작문학상을 수상했다. 현재 실천문학사 대표로 재직 중이다.

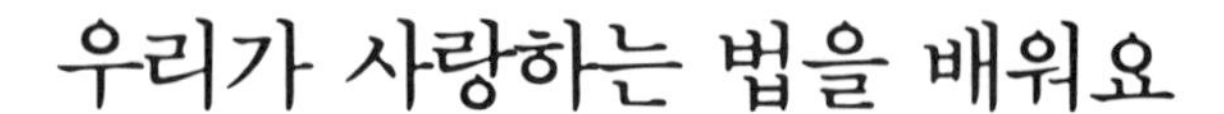

# 우리가 사랑하는 법을 배워요

박희경

저는 학창시절에 영아원, 고아원에 봉사활동을 다녔는데, 친부모와 함께 살 수 없는 어린아이들의 천사 같은 눈빛을 보며 입양에 대해 막연한 생각을 하게 되었습니다. 그 후 결혼을 하고 셋째 범준이를 낳기 전에 사실 아이를 입양할 생각이었습니다.

그런데 남편과 입양 이야기를 나누던 중에 임신 사실을 알게 되어 잠시 입양을 미루게 되었습니다. 그리고 출산 후 남편과 입양에 대해 다시 얘기하게 되었는데, 남편의 반응은 소극적이었습니다. 저보다 훨씬 따스한 마음을 가진 착한 사람이었지만 데리고 오는 아이에게 사랑을 주려다가 오히려 상처를 주게 될까봐 자신이 없다는 것이었습니다. 그래서 저는 아이를 위탁해서 수양부모가 되어본 후 입양을 생각해보자며 설득하였고 남편은 이것을 흔쾌히 받아들이게 되었습니다.

영빈이를 데려오기로 결심한 후 남편의 확답을 듣기 위해 일부러 메일로 영빈이의 사진을 보냈습니다. 혹시 바빠서 메일을 열어보지 않을까 봐 집에 있는 프린터가 망가졌으니 아이 사진을 인쇄해 달라고 했지요. 그 날 밤 남편이 퇴근할 때 인쇄한 아이 사진을 가져왔는데 사진에 눈물 자국이 번져 있었습니다.

그렇게 해서 지난해 9월, 영빈이는 우리 집에 오게 되었습니다. 집에 데려오기 전에 우리 부부는 영빈이 아빠를 만났습니다. 영빈 아빠는 사정상 당분간 영빈이를 키울 수 없어서 시설에 맡긴 것이었는데, 아이가 셋이나 되는 우리가 키울 거라니 조금은 걱정스러워하는 눈치였습니다. 우리는 걱정 말라며 영빈이를 데려왔습니다.

처음 데려왔을 무렵, 영빈이는 또래 아이들보다 발육상태나 영양상태가 매우 떨어져 있었습니다. 게다가 식습관도 아주 좋지 않았습니다. 영빈이는 우유병에 담긴 우유가 주식이었고, 단맛에 너무 길들여져 있었습니다. 아마도 보육시설에서 영빈이가 투정할 때마다 사탕을 주어서 버릇을 잘못 들인 것 같았습니다.

그래서 저는 무엇보다 먼저 밥을 먹이는 일에 매달렸습니다. 끼니때마다 한 숟가락이라도 더 먹이려고 실랑이를 벌였습니다. 하지만 영빈이는 좀처럼 밥을 먹으려 하지 않고, 툭하면 사탕을 달라며 떼를 썼습니다. 급기야 저는 떼를 쓰는 영빈이에게 회초리로 엄포를 놓기까지 했습니다.

그런데 그 모습을 지켜보던 둘째 아들 수홍이가 갑자기 책장에서 《장화홍련전》을 뽑아와 식탁에 올려 놓으며 말하는 것이었습니다.

"엄마 이 책 좀 읽으세요. 《장화홍련전》이에요. 엄마가 영빈이를 때려주면 계모라서 그런다고 생각할 거예요. 네? 엄마."

아직 어리다고만 느꼈던 수홍이의 사려 깊은 태도에 일순간 놀랐지만, 저는 단호하게 말했습니다.

"너희들도 여러 번 이야기하고 약속한 걸 지키지 않으면 벌도 서고 회초리로 매를 맞는 것처럼 엄마는 영빈이도 너희들하고 똑같이 대할 거야. 영빈이가 잘못해도 혼내지 않고 그냥 봐주는 건 엄마가 영빈이를 잘 키우지 않겠다는 뜻이야. 너희는 영빈이가 식탁예절도 모르고 떼만 쓰고 자

기가 먹고 싶은 단 음식만 자꾸 먹는
그런 아이로 자라면 좋겠니?"

그때 저의 뜻을 알아챘는지 그날 이후 지금까지 수홍이는 제가 영빈이를 혼낼 때 영빈이가 잘못을 깨닫고 뉘우칠 수 있도록 곁에서 도와주는 작은 엄마 같은 존재가 되었습니다.

그렇게 밥과의 전쟁을 끈질기게 벌인 결과, 영빈이는 점점 나쁜 버릇을 고쳤고, 이젠 식사시간 동안 자기자리에서 끝까지 앉아 밥도 먹고 식사 중에 기침이나 재채기가 나오면 손으로 입도 가릴 줄 아는 멋쟁이가 되었습니다. 처음엔 장에 탈이 난 것으로 오해했을 정도로 심각했던 묽은 변도 이젠 단단하고 건강한 대장님 응가가 되었습니다.

뿐만 아니라 나이에 비해 말도 느리고 언어 표현이 부족했던 영빈이는 형들과 어울려 지내면서 점차 말이 늘고 하루가 다르게 어휘력이 풍부해졌습니다.

하루가 다르게 커가는 영빈이의 모습을 보고 있자니, 문득문득 영빈 아빠 생각이 났습니다. 이렇게 잘 자라고 있는 모습을 곁에서 볼 수 없는 영빈 아빠의 상황을 생각하니 마음이 아팠습니다. 그러면서도 한편으로는 이렇게 정들여 키운 아이를 어떻게 돌려보낼까 하는 걱정도 되었습니다.

그러나 영빈이가 아빠를 만나는 광경을 지켜보면서 새로운 사실을 깨닫게 되었습니다. 몇 달 만에 만난 아빠를 알아보고 너무나 좋아하는 영빈이의 모습에서 천륜의 의미를 깨달은 것입니다. 아울러 영빈이가 진정 행복해지기 위해서는 영빈 아빠가 하루빨리 자리를 잡고 일어서야 한다는 것을, 영빈이에게 가장 필요한 것은 좋은 옷이나 풍요로운 음식이 아니라는 사실을 알게 된 것입니다.

영빈이 또한 아빠를 만난 이후로 조금씩 아빠에 대한 정체성을 찾아갔습니다. 저나 형들에게 야단이라도 맞으면 아빠를 찾으면서 울게 된 것입니다. 그래서 저는 영빈 아빠께 편지를 보냈습니다. 보고 싶은 아빠를 그리워하며 밝고 건강하게 자라는 영빈이를 위해서 아무리 어렵고 힘든 일이 닥쳐도 포기하지 말고 굳건히 일어서는 아빠가 되어 달라고 당부했습니다.

영빈 아빠는 우리에게 고맙다고 하지만 사실은 고맙다고 할 사람은 우리입니다. 영빈이를 키우면서 많은 것들을 얻었으니까요. 물론 개구쟁이 사내 녀석 넷을 키우다 보면 힘들고 지칠 때도 있지만 사랑스런 아이들이 자라나는 모습에서 그 이상의 기쁨과 보람을 느끼니까요. 또 영빈이를 키우다 보니 이 각박한 세상에도 따스한 마음을 지닌 좋은 사람들이 많다는 것을 알게 되었습니다. 영빈이에게 멋진 옷과 장난감을 물려주는 이웃집 엄마, 제게 위로와 힘이 되어주는 따뜻한 이웃들, 미용실 방침에 넷째 아들 이발비는 받지 않는다며 한사코 이발비를 사양하는 맘씨 좋은 미용실 원장님, 친부모와 함께 살 수 없는 아이들을 위해 밤낮으로 애쓰시는 한국수양부모협회의 사회복지사님들, 그리고 영빈이를 친동생처럼 아끼고 돌봐주는 세 아들 태홍, 수홍, 범준이, 마지막으로 저의 가장 큰 후원자이며 영빈이를 진심으로 사랑해 주는 남편에게 고마운 마음을 갖게 됩니다.

박희경 ❀ 이화여자대학교에서 유아교육학을 전공한 그녀는 대학 시절부터 사회복지시설의 봉사활동에 관심이 많았고 이 때 '어려운 아이를 키우겠다'고 결심했다. 세 아들을 키우며 전쟁처럼 살고 있던 중, 3살 난 영빈이를 위탁해 2년 동안 영빈이를 비롯한 네 아들을 키웠다. 영빈이 친아빠가 자리를 잡자 2005년 7월 영빈이를 되돌려준 뒤 미시간 대학에서 뒤늦게 공부를 시작한 남편과 함께 현재 미국에서 새로운 삶을 살고 있다.

# 49살 이모와 19살 조카가 사는 법

방귀희

내 나이 벌써 49살. 마흔의 끝자락이다. 그깟 나이 숫자에 불과하다고들 하지만 난 그렇게 말할 용기가 없다. 불혹의 나이라는 마흔이 내게는 번민과 갈등의 시절이었기 때문이리라.

49살을 나름대로 정리할 시간이 필요하단 생각이 들었는데 마침 원고 청탁을 받았다. 내 넋두리를 들어줄 동지가 생긴 기쁨에 당장 오케이를 했다. 내 사랑을 향해 이렇게 오케이 사인을 몇 번만 아니 단 한번만 했었어도 난 지금 이렇게 외톨이가 되지 않았을 것이다.

### 꼬마 외톨이

아무리 생각해봐도 별로 추억거리가 없다. 돌 떡을 담가 놓고 찾아온 소아마비로 인해 나는 일찍이 고립되었다. 모든 행동은 엄마와 함께였고, 2살 위인 언니가 세상과 소통하는 유일한 통로였다. 언니는 만화책을 빌려오는 일부터 달고나 또뽑기 등 당시 유행하는 길거리의 군것질을 공수하는 역할까지 도맡아했다.

심지어 언니는 초등학교 입학식에 내 이름표를 달고 줄을 섰고, 나는 엄마 등에 업혀서 그 모습을 바라보아야 했다. 철없는 나이였음에도 가슴에 싸한 바람이 분다는 느낌이 들었다.

초등학교 1학년 교실에서 내가 할 수 있는 공부는 아무것도 없었다. 몸동작을 만들며 노래 부르기는 내가 제일 싫어하는 과목이었다.

### 사춘기 외톨이

사춘기는 하나의 질병이었다. 난 마치 중병을 앓는 사람처럼 아무것도 할 수가 없었다. 아니 정확히 말하자면 하고 싶은 일이 없었다. 미래에 대한 꿈도 없었고 열정도 계획도 없었다.

그저 모든 것이 원망스러웠다. 왜 하필 내가 불행의 희생양이 되었는지에 대한 질문만 되뇌일 뿐 장애를 딛고 일어서서 뭔가를 해보겠다는 의욕이 없었다. 여전히 공부는 잘했지만, 의욕과는 무관했다. 습관처럼 공부하고 혼자서 속을 끓일 뿐이었다. 남들에게는 너무나 자연스러운 사춘기 소녀의 자질구레한 일상 — 친구들과 학생관람불가 영화 보기, 동네 독서실에서 공부하기, 친구들과 버스를 타고 남학생들의 시선을 받기 등등 — 을 즐길 수 없다는 것이 죽을 만큼 고통스러웠다.

### 초라한 등 푸른 개구리

대학을 졸업했다. 그것도 수석으로. 하지만 난 그 어디에 이력서 한 통 내밀 수가 없었다. 정신이 번쩍 들었다. 그동안 내가 했던 행동은 배부른 투정이었던 것이다 .난 내 장애를 인정해야 했고 모든 것을 장애라는 조건에서 해결해야 했다.

장애 때문에 불이익을 당하는 현실을 받아들이며, 나를 받아주는 곳이 있다는 것만으로도 감지덕지 머리를 조아려야 했다. 비록 일은 힘들었지만 밤을 새워도 즐거웠다.

그런 내 모습을 보고 가장 기뻐한 사람은 엄마였다. 엄마는 어려운 형편에 장애인 딸을 공부 가르쳐서 뭐에 쓰겠느냐는 친척들의 비난 속에서 대학원까지 보냈으니 아마도 내가 졸업 후 집에서 놀고먹는 신세가 됐다면 같이 죽자고 하셨을 것이다.

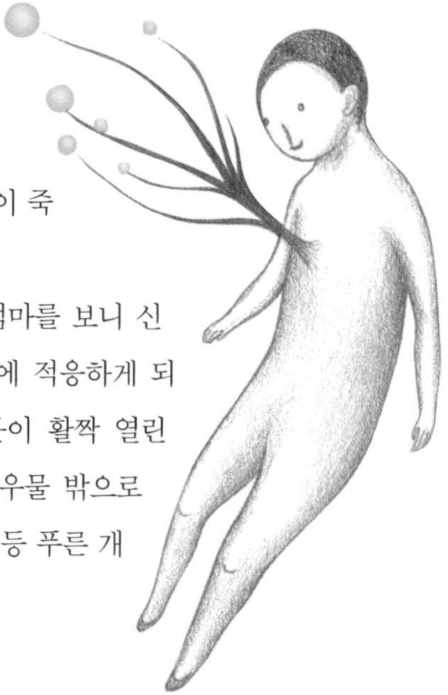

친척들 앞에서 당당한 엄마를 보니 신이 났다. 하지만 조금 현실에 적응하게 되었다고 세상으로 향하는 문이 활짝 열린 건 아니었다. 나는 여전히 우물 밖으로 나오면 초라하기 그지 없는 등 푸른 개구리였다.

### 마흔 살 청개구리

내 이름 앞에 방송작가니 저술가니 강연회 강사니 솟대문학 발행인이니 하는 수식어가 늘어나고 있었다. 하지만 그건 시간이 가져다준 이력일 뿐 나를 만족시키지는 못했다. 똑같이 출발한 사람들이 저 앞에 달려가고 있는 것을 볼 때마다 난 스스로를 괴롭혔다.

그때 유학을 떠났어야 하는데…. 대학에 남았어야 하는데…. 장애인복지 현장에 뛰어들었어야 하는데….

40대의 나는 청개구리였다. 치매에 걸린 94살의 아버지는 어린아이였고 81살의 엄마는 늘 죽음에 대한 두려움으로 하루하루 불안해하는 살쾡이 같았다.

그런데 백 살 넘게 살 것 같던 아버지가 세상을 떠나셨다. 호상이라 불린 아버지의 죽음은 엄마와 자식들에게 자유를 주었다. 치매 남편과 중증장애인 딸을 돌보시느라 지칠 대로 지친 엄마에게 비로소 휴식이 찾아온 것이다.

하지만 엄마의 휴식은 열 달 만에 끝나고 말았다. 저녁때까지 나를 돌봐주시던 엄마가 아침에 일어나 보니 주검이 되어 나를 맞이한 것이다. 믿을 수가 없었다. 살아 있는데 장사를 치르는 것 같았다. 난 청개구리처럼 개골개골 목놓아 울었다.

### 47살의 고아

엄마가 돌아가셨다는 소식을 들은 사람들이 내게 물었다.

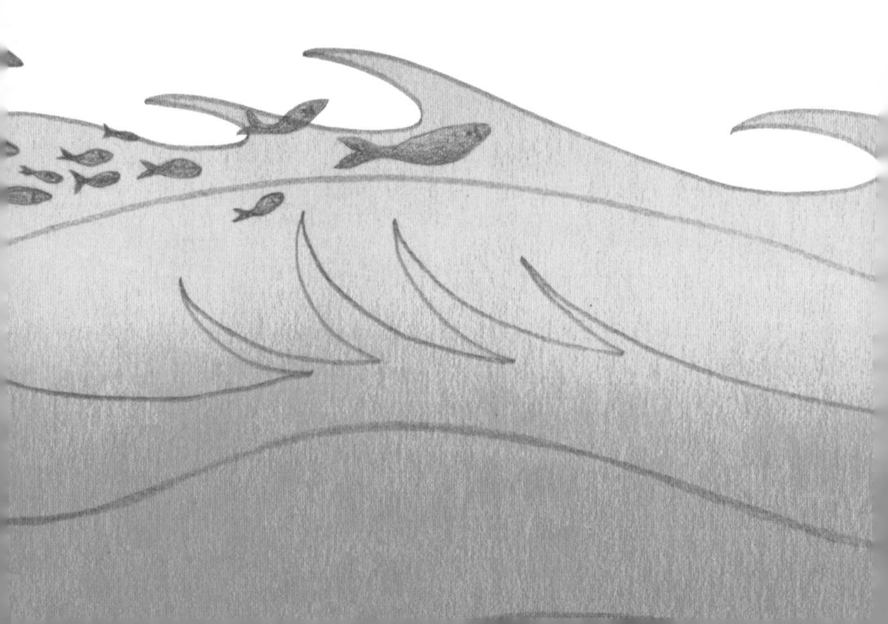

"이제 누구랑 사니?"

그렇다. 엄마가 돌아가셨다는 것은 내겐 엄마를 잃은 것 이상의 의미였던 것이다. 가족들은 4살도 아니고 7살도 아닌 47살의 동생을 위해 가족회의를 열었다. 결국 초등학교 입학식 때 나 대신 줄을 서 주었던 작은 언니가 나를 돌봐주기로 결정되었다. 언니네는 뉴질랜드로 이민을 가서 아이스크림 가게를 하며 행복하게 살고 있었는데, 당시 17살이던 조카가 언니에게 말했다고 한다.

"엄마가 이모한테 가. 내가 오빠 밥 해주면 돼"

그 말에 가게 정리하고, 집도 아이들이 살기 편한 아파트로 옮겨주고 언니네 부부는 한국으로 왔다. 아이들과 생이별을 한 언니는 눈물이 마를 날이 없다. 17살 조카에게서 엄마를 빼앗았다는 죄의식에 마음이 편치 않았다.

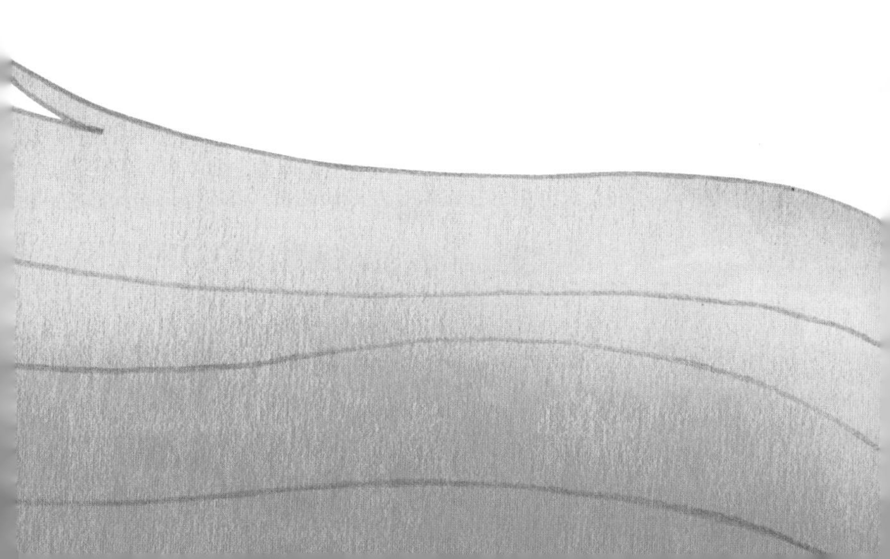

밥상을 받으면 아이들이 먹을 반찬을 내가 먹고 있다는 생각에 목이 메었고, 깨끗이 빨아 다려준 옷을 입을 때도 눈가가 달구어졌다. 목욕을 시켜줄 때도 17살 조카에게 미안해 재잘거릴 수가 없었다. 가족 중에 장애인이 있으면 부모는 물론 형제들의 희생까지 따른다는 것을 47살에 고아가 된 나는 절실히 깨달았다.

### 49살의 꿈

응급실을 찾았다. 가슴이 터질 것 같고 온몸에서 힘이 빠져나가 땅 속으로 빨려 들어갈 것 같았다. 하지만 피 흘리는 환자들 틈에서 난 뒷전이었다.

"나 지금 죽을 것만 같아요. 어떻게 좀 해주세요."

나는 생명을 구걸하고 있었다. 안 태어났으면 더 좋을 뻔 했다느니, 죽었으면 좋겠다느니 하는 것은 내 본심이 아니었던 것이다.

내 병명은 갱년기였다. 중년 여성들에게 화병과 함께 찾아오는 질병이란다. 소아마비들은 포스트폴리오 증상이 찾아와 중년 이후 장애가 더 심화된다는 사전 지식을 갖고 있던 터라 갑자기 모든 것이 끝난 양 허탈해졌다.

하지만 그 순간 왠지 더 힘이 났다. 오기였을까? 조금만 더 달리면 완주할 수 있으리라는 생각으로 젖 먹던 힘을 내는 마라토너처럼 나도 조금만 더 힘을 내서 인생의 경주를 잘 마무리짓고 싶은 마음이 생겼다.

언니네는 조그만 가게를 냈다. 그런데 워낙 불경기라 걱정이 태산이다.

"도대체 엄마는 뭐 하는 거야. 가게에 손님이나 팍팍 밀어주지 않고."

"아이구, 돌아가신 분들이 다 자식들 도와주면 성공 안 할 사람이 어디 있니?"

"아냐, 엄마가 약속했어. 당신이 죽으면 하늘나라 가서, 나한테 잘 못해주는 사람들 혼내줄 거라고 그랬단 말야."

엄마는 틀림없이 큰 천사가 됐을 것이라 믿어 의심치 않는 나는 종종 하늘을 향해 말한다.

"엄마, 엄마가 지금 해야 할 일은 말야. 언니 걱정 덜어주는 거야. 알아? 누구하고 살라고 인수 인계도 안 하고 갔으면서 그렇게 몰라라 하면 안 되지."

19살 조카가 학교 공부하며 오빠 밥까지 해주고 있는 지금 이 순간에도 49살 나는 언니가 해주는 밥을 받아먹으며 하늘나라를 향해 으름장을 놓으며 살고 있다.

방귀희 ❧ 어렸을 때 발병한 소아마비로 휠체어 생활을 하게 됐다. 동국대학교 불교철학과를 졸업하고 같은 대학원에서 문학석사 학위를 받았다. 1991년, 우리나라 유일의 장애인 문예지 '솟대문학'을 창간해서 현재까지 결간 없이 발행해오면서 우리나라 장애인 문학의 발전에 기여하고 있다. 2005년 장애인 최초로 서울미스코리아선발대회 심사위원으로 위촉돼 화제를 모으기도 했으며, 1996년 장애인의 날 국민훈장 석류장을 수훈한 바 있다. 지은 책으로는 《종이 인형의 사랑》, 《숨바꼭질》 《버리면 자유로워진다》 등 다수의 동화책과 수필집이 있다.

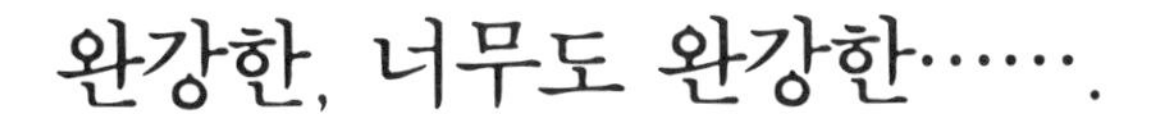

# 완강한, 너무도 완강한…….

고정욱

1.

푹푹 찌는 초여름 날이었다. 단열의 개념이 없던 시절 지어진 콘크리트 교사는 오전 내내 달아오르더니 오후부터 열기를 뿜어내기 시작했다.

5교시는 체육이다. 점심 도시락을 까먹은 학생들은 하나 둘 체육복으로 갈아입었다. 이 더위에 나가 뛸 생각에 혀가 저절로 입 밖으로 빠져 나왔다.

목발을 양쪽에 짚어야 간신히 걷는 일급 지체장애인 동구는 늘 그렇듯 점심을 먹고 화장실까지 힘겹게 다녀온 뒤

참고서를 폈다. 원래 체육시간에는 주번이 남아서 교실을 지키게 되어 있었지만 동구네 반 주번은 그런 혜택을 한번도 입지 못했다. 동구가 있기 때문이다.

영어 책을 펴고 단어를 외우기 시작한 지 얼마 지나지 않아 아이들은 대부분 교실을 빠져나갔다.

교실이 조용해질 무렵 다른 반에 놀러 갔던 녀석이 허겁지겁 들어와 황급히 체육복을 갈아입으며 부럽다는 투로 말했다.

"동구 너는 좋겠다."

"뭐가?"

"이렇게 더운 날 우리는 나가서 뺑이 치는데 시원한 교실에서 공부할 수 있고…."

"……."

그날 동구는 사람이란 철저히 자기 중심으로 이 세상을 바라본다는 사실을 깨달았다. 그건 그 누구도 깰 수 없는 견고한 사실이었다. 과연 장애란 게 무엇인지 다시 한 번 생각하느라 영어책의 단어가 눈에 들어오지 않았다.

## 2.

그렇게 체육시간을 땡땡이 치고 공부한 덕분인지 동구는 학업 성적이 그런 대로 괜찮았다. 자신이 원하는 의대를 갈 수도 있을 것 같았다.

동구가 의대를 목표로 삼은 건 부모님의 뜻이었다. 혼자 힘으로 설 수도, 걸을 수도 없는 아들을 보고 동구의 부모님은 고민했었다. 무슨 직업을 가져야 이 아이가 먹고 살 수 있을까. 가만히 앉아서 상체만 자유롭게 움직여 할 수 있는 일거리가 뭘까.

그 결과 부모님은 의사라는 직업에 착안했다. 그들은 그저 흰 가운 입고 앉아서 환자가 들어오면 이것저것 물어보고, 청진기나 몇 번 스탬프 찍듯 몸에 눌러보고 처방전을 써주는 게 의사의 일이라고 생각했던 것이다.

"넌 의대를 가라. 그래서 너같이 불쌍한 장애인들을 도와주는 게 좋겠다."

동구도 그 말이 그럴듯하게 들렸다.

그러나 의사가 되겠다는 꿈은 얼마 안 가 무참히 깨지고 말았다. 옆 반의 비슷한 처지에 있던 장애아가 갑자기 이과에서 문과로 전과하면서 청천벽력 같은 사실을 알게 된 것이다.

"장애를 가진 학생은 의대를 못 간단다."

"그래서 문과로 옮긴 거래."

이과 진학이 어렵다는 사실 앞에 동구는 기운이 빠지고 말았다.

동구는 대학마다 찾아다니며 입학 여부를 물었다. 의대는 물 건너갔다고 치고 공대는 어떤가. 공대는 기계를 만지면서 실습을 해야 한단다. 이빨도 안 들어갔다. 자연계 순수과학은 어떤가? 실험을 했다 하면 밤을 새면서 서 있어야 한단다. 당연히 불가였다.

초등학교부터 공부해온 모든 노력이 수포였다. 미술에 약간의 재능이 있던 동구는 미대라도 가보려고 기웃거렸지만 그곳조차 고개를 저었다.

체육시간에 땡땡이 친 보람도 없이 동구는 아무 쓸모없는 이공계 공부만 죽어라 한 셈이 되고 말았다.

3.

우여곡절 끝에 동구는 대학생이 되었다. 될 대로 되라는 심정으로 원서를 넣은 국어국문학과에 합격한 것이었다.

팔자에도 없는 과에 합격해 생각지도 않은 공부를 해야 하는 운명이 기구했지만 어디 한번 해보자는 장애인 특유의 잡초 근성이 조금씩 고개를 들었다. 남들이 쓴다는 소설도 써보고, 문학에 대한 기초 공부도 시작했다. 어떻게든 살아남기 위해 적성이고 취미고 무시하고 배겨내야 했다. 산지사방에 흩어져 있는 강의실을 시간표대로 쫓아다니느라 목발 짚은 겨드랑이와 손바닥에 굳은살이 두툼하게 박혔다. 계단으로 건물 한 층 올라가는 데만 5분씩 걸린 탓에 강의실을 옮겨 다닐 때마다 온몸이 땀으로 젖었다. 장애인을 위한 편의시설이라는 개념조차 없을 때였다.

어느덧 졸업을 할 때가 되었다. 동구의 꿈은 소박했다. 여자 친구도 생겼겠다, 취직을 해서 한 사람의 독립된 인간으로 살고 싶었다.

마침 모 광고회사에 원서를 넣었더니 서류심사에 통과되었고, 서류 심사 통과자에 한해 필기시험을 보게 되었다. 필기시험은 10여명의 사람들이 회의실에 모여 보았는데, '10원짜리 동전이 100원짜리 동전보다 유용한 경우'와 같은 창의성을 요구하는 엉뚱한 문제들이 많았다. 흥미로웠다.

하지만 결과는 낙방이었다. 나중에 혹시나 해서 물어보니 장애인에 대한 차별은 절대 없었단다.

4.

사회 진출을 미룬 동구는 대학원에 진학했다. 어차피 문학이라는 게 단기간에 승부를 내는 학문은 아니었으니까.

그런데 어느 날 여자 친구가 등나무 벤치 아래에서 눈

물을 흘리며 말했다.

"이제 헤어져야 할 것 같아. 어머니가 알아버렸어."

그 동안 동구와 사귄다는 사실을 숨기고 그를 만났는데, 어머니가 둘의 교제를 알게 된 것이다. 네가 집을 나가든지 내가 나가든지 둘 중 하나를 하자는 어머니의 폭탄 선언을 여린 그녀는 견딜 수 없었다.

사랑하는 사람 앞에서 당당할 수 없는 것이 장애인의 숙명. 동구는 그녀를 놓아 보냈다. 그렇게 해서 직업도 없이 공부만 하는 백면서생의 신분에 장애를 가진 몸만 남았다. 찢어지는 고통과 세상에 대한 원망도 늘 그렇듯 홀로 삭이며 이겨내야만 했다. 동구의 20대는 그렇게 암울한 회색빛으로 물들어만 갔다.

나중에서야 동구는 알게 되었다. 진정 사랑하는 사람이라면 그렇게 사랑의 고통에 눈물 흘려도 떠나보내는 게 아니었음을. 고통을 이겨내도록 격려하고, 나중에 그 고통을 이겨낸 보상으로 평생을 사랑해야 한다는 사실을…….

동구와 헤어진 그녀는 결국 속세를 떠나 수도원에 들어갔다.

## 5.

사랑을 잃었지만 동구는 대학원에서 살아남기 위해 이

를 악물고 공부했다. 공부는 재미있었다. 창작을 하는 것도 흥미롭지만 남이 써놓은 작품을 읽고 분석해 새로운 의미를 찾아내는 일도 보람 있는 것이었다.

석사학위를 받자 이번에는 박사과정에 입학해야 했다. 하던 공부를 그만둘 수 없었거니와 대학 강단에 서는 교수라는 직업이 매력으로 다가왔던 까닭이다.

박사과정을 마칠 무렵 드디어 대학원 학생들에게 강의가 한 강좌씩 배당되었다. 지금까지의 학생 입장에서 바야흐로 선생이 되는 순간이었다.

교수님 소리를 듣는 명예로움에 대한 기대감에 모두 가슴이 부풀었다. 동구 역시 마찬가지였다. 누구보다 학생들을 잘 가르칠 자신도 있었다.

그러나 조용히 동구를 찾아온 조교는 무척 안 되었다는 표정으로 말했다.

"동구야. 너만 강의 배정이 안 되었다. 너무 섭섭해하지 마라."

그랬다. 그들은 동구에게 한 마디 의사도 물어보지 않았다. 기회조차 주지 않았다. 스스로 알아서 너무나도 친절하게 배려를 해준 것이다.

장애인의 삶은 그대로 주저앉아 있으면 의지와 상관없는 비장애인들의 판단에 의해 결정되는 삶이었던 것이다.

6.

그 다음 학기에 강의를 배정받은 후로 동구는 17년째 대학에서 학생들을 가르치고 있다. 고참 강사가 되었고 박사 학위도 받았다. 책도 여러 권 써서 제법 이름도 알렸다.

그러나 생활은 여전히 부초 같았다. 공부한 사람의 귀착점인 대학에서 그에게 자리를 주지 않았기 때문이다.

그러던 어느 날 기회가 왔다. 지방의 모 대학에 딱 그를 위해 만든 것 같은 자리가 난 것이다. 득달같이 서류를 보냈더니 심사에 우수한 성적으로 통과되었다. 면접을 본 총장은 그를 좋게 봤다. 밝고 명랑한 성격이 충분히 교수로 채용해 쓸 만하다고 했다.

인사권을 가진 재단 이사장은 병원을 해서 돈을 번 사람이었다. 이름만 대면 누구나 알 만한 유명인사였는데, 장애인에 대한 이해가 남다른 사람이라고들 했다.

그는 면접에서 자신의 조카도 동구와 같이 지체장애인이라고 했다. 서광이 비쳤다. 이제 긴긴 방황이 끝나는 줄 알았다.

그러나 나중에 들려온 소식은 그것이 아니었다. 재단

이사장이 면접을 마친 뒤 비서실 직원을 호되게 야단쳤다는 거다.

"명색이 의사이고 사회적으로 명망 있는 내가 장애인을 차별해 탈락시켰다고 하면 우리 병원과 학교가 얼마나 평판이 나빠지겠나? 이런 사람은 자네들이 알아서 서류심사에서 탈락시켰어야지. 내가 손 써야만 해?"

그것은 완강한, 너무나도 완강한 어조였다고 한다.

다들 짐작하겠지만 동구는 나의 아명이다.

고정욱 ✤ 성균관대학교 국문과와 대학원을 졸업하고 문학박사학위를 받았다. 문화일보 신춘문예에 단편소설이 당선되었고 MBC 〈느낌표〉에 《가방 들어주는 아이》가 추천도서로 선정되기도 했다. 성균관대학교에서 학생들을 가르치며 현재 한국장애인인권포럼 부회장과 장애인을 위한 새날도서관 관장 등을 역임하며 장애인 복지의 실현을 위해 노력 중이다. 그밖에 지은 책으로는 《아주 특별한 우리 형》, 《안내견 탄실이》, 《네 손가락의 피아니스트》 등이 있다.

# 내 인생의 두 스승

이일영

내 인생에는 두 분의 스승이 계신다.

30년 넘게 재활의학을 전공하면서 때로는 장애인과 웃고, 때로는 그들의 불행과 아픔에 눈물 흘리며 나름대로 삶의 방향을 잘 선택했다고 자부하는 것은 이 두 분 덕택이다.

해방둥이로 태어난 나는 전쟁의 참화를 목격하면서 자랐다. 청소년기에는 전쟁이 빚어낸 가난과 병자들이 거리를 가득 메운 것을 보면서 이들을 위해 내가 할 수 있는 것이 무엇일까 고민했다. 집안에서는 의사가 하나쯤 있어야 된다는 생각이었고 나 역시 안정된 생활과 더불어 조금이나마 남을 위해 베풀 수 있는 직업이다 싶어 주저 없이 의사를 선택했다. 하지만 본과에 올라가면서 인간의 본질적인 문제를 다루는 신학에 대한 열정이 생기면서 거대하게 보였던 의학의 목표는 수그러들고 '내가 과연 의사가 되어야 하나?' 하는 회의에 빠지게 되었다.

그러던 어느 날 미국 뉴욕대학 의대 교수이신 하워드 러스크(Howard Rusk) 박사의 강연을 듣게 되었다. 러스크 박사는 재활의학회를 처음으로 설립하고 관련 재단을 만들어 활동하시면서 재활의학을 중요한 학문 분야로 정착시켜 놓은 선구자였다. 한국 전쟁으로 다리를 잃고, 영양실조로 열병을 앓아 귀머거리가 된 사람들이 '병신' 취급을 받던 시절, "병자들에게 사회는 관심을 보여야 하고 재활훈련을 통해 사회의 떳떳한 일원으로 만들어야 한다."고 주장한 러스크 박사의 강연은 내게 마치 복음처럼 들렸다.

두 시간 남짓한 강연 동안 그가 보여준 36mm 다큐멘터리 필름은 지금도 기억에 생생하다. 그 필름은 방광암으로 하반신을 절단한 환자를 재활 치료하는 과정을 담은 것이었는데, 환자가 수술 후 자신의 처지를 받아들일 수 있도록 의료진이 끊임없이 대화를 하고 허리 아래쪽을 절단한 후 생활할 수 있도록 재활훈련을 하는 장면이 참으로 감동적이었다. 재활치료를 통해 혼자 움직일 수 있게 운전을 배우고 각종 후유증에 대비해 물리 치료와 정신적인 훈련을 하는 장면을 보면서 '환자가 존경받는 인격체'라는 사실을 다시금 확인할 수 있었다.

그날 이후 나는 흔들리던 마음을 추스르게 되었고, 세브란스 의과대학에서 미생물학을 강의하시던 유준 교수님을 도우면서 내 삶의 방향은 더욱 분명해졌다. 당시 한센병균을 연구하고 계셨던 유준 교수님은 한센병을 앓고 있는 장애인 거주지 소록도에 나를 보내셨는데, 그곳에서 사회적인 편견과 한센병이라는 두 가지 병마와 싸우고 있는 환자들을 둘러보면서 재활의학을 계속하기로 결심했다.

두 분을 통해 나는 재활의학을 새로운 비전으로 받아들이게 되었으며, 장애인에 대해 관심과 사랑을 갖고 활동하겠다는 사명감을 갖게 된 것이다.

재활의학이란 무엇인가? 러스크 박사는 "의사들이 환자를 위해 더 이상 해줄 것이 없다고 손을 뗄 때 재활의학은 시작된다."고 말씀하셨다.

대부분의 질병은 급격히 진행되는 과정이 끝나고 안정기에 접어들면 질병이라고 간주되지 않는다. 하지만 장애인들은 정신적 또는 육체적, 사회적으로 많은 심각한 문제들에 부딪히게 된다. 예를 들어 교통사고로 절단수술을 받아 하루아침에 장애인이 된 사람은 일정기간이 지나면 몸의 상태는 더 이상 나빠지지 않지만 사고의 충격으로 기억력과 운동력이 쇠퇴하고 우울증에 시달리게 되는 등 많은 후유증이 나타난다.

재활의학은 바로 그런 후유증을 치료하는 것이다. 재활의학을 세운 선구자들은 이런 장애인들을 다시 사회로 불러내 우리의 구성원으로 만들기 위해 혼신의 힘을 기울였다. 장애는 이전까지 개인이 짊어져야 할 참으로 불편하고 고통스러운 짐이었지만 이들은 동시대인 모두가 같이 나누어야 할 삶의 몫이라고 외쳤고 그 결실이 맺어져 장애인이 인격체로서 받아들여지기 시작했다.

나는 좀 더 선진적인 공부를 하고 싶었다. 그래서 재활의학을 좀 더 체계적으로 배우기 위해 미국행을 결행했다. 1973년 러스크 박사를 찾아 뉴욕대학에 갔을 때 미국 사회는 이미 장애인에 대한 인식변화가 시작되고 있었다. 가장 큰 변화는 장애인 문제를 사회공동체가 풀어야 할 과제로 생각하기 시작했다는 것이다. 지금처럼 빌딩과 지하철에 장애인용 슬로프와 엘리베이터 등과 같은 편의시설은 없었지만 장애환자를 위해 의사와 물리치료사, 작업치료사, 심리학자 등이 팀을 구성해 환자의 문제를 공유하고 함께 해결하려고 노력하고 있었다.

그에 비하면 우리 사회는 아직 갈 길이 멀다. 물론 우리도 최근 들어 환자 앞에 놓여 있는 정신적, 사회적인 문제 해결을 위해 전문인으로 팀제를 구성하려는 시도를 하고 있지만 아직 넘어야 할 산이 많이 있다. 가장 중요한 것은 팀제 구성원 간 이해관계를 벗어나 환자를 중심에 두고 생각하는 마음이며 팀원들이 서로 신뢰하고 존경할 수 있어야 한다. 아울러 장애인이 인격체로 대우받고 재활시스템이 제대로 가동되기 위해서는 사회정의에 입각한 장애인의 권리회복 운동이 이루어져야 한다.

미국 보스턴 척수손상센터에서 근무하던 나는 1984년 신촌 세브란스병원에서 1년간 교환교수로 지낸 적이 있다. 그 당시 한국에는 장애인 외래환자가 거의 없었다. 이

유는 장애환자들이 재활교육을 받고자 하는 의지가 있다고 해도 집을 나서기가 끔찍했기 때문이다. 인천에 사는 내 환자가 택시를 타기 위해 기사에게 웃돈을 세 배나 제의했지만 결국 승차를 거부당하고 두문불출하고 있다는 소식을 듣고 그 장애인이 살고 있는 집으로 부리나케 달려간 적도 있다. 그가 받았을 상처를 어떻게 위로해야 할 지 난감했던 기억이 아직도 생생하다.

한번은 대학생이 추락사고로 중환자실에 실려 온 적이 있다. 무의식 상태로 입원이 장기화되자 결국 부모가 호흡기를 뗄 것을 요구했다. 가난한 살림에 병원비는 늘어나고 아들의 병세도 나아질 가망이 보이지 않았기 때문이다. 결국 의료진의 만류에도 불구하고 집으로 옮겨진 그 학생은

다행히 사망하지 않았다는 소식을 듣고 반가워했던 기억도 있다.

장애인이 사회의 일원으로 대접받기 위해서는 사회적인 인식을 바꿔야 한다. 사회적인 인식이란 내가 장애인의 입장이 되었다고 생각하고, 장애인의 처지에서 생각할 수 있는 사회적인 풍토가 되어야 한다는 것이다. 이런 사회적인 환경이 조성되지 않는다면 장애인의 삶의 질은 변할 수 없다.

미국 사회가 장애인 문제에 대해 전향적으로 변화될 수 있었던 것은 루스벨트 대통령과 같은 장애인 대통령이 있었기에 가능한 일이다. 한국의 건강한 대통령이 뇌출혈이나 교통사고로 하루아침에 장애인이 되어서는 결코 안 될 일이다. 하지만 우리 사회가 변하기 위해서는 이제 능력 있는 장애인도 대통령이 될 수 있어야 하지 않을까.

빠른 시일 내 회복이 가능한 장애인 뿐 아니라 중증 장애인을 진정으로 배려하는 정책이 아울러 만들어져야 한다. 이를 위해서 정부가 확고한 의지를 보여줘야 한다. 우리 사회처럼 공공의료 복지시설이 절대적으로 부족한 환경에서는 물론 정부가 운영하는 공공시설을 늘리는 것이 급한 과제이다. 하지만 꼭 정부가 운영하는 것보다 민간에서 운영하는 재활병원과 요양소 등이 더 잘 운영되고 서비스가 높아질 수 있다면 정부에서 적극 지원해야 한다. 정부가 꼭 내 것만을 고집하지 않고 민간과 조화를 이루며 유기적으로 연대할 수 있는 노력을 병행해야 한다.

궁극적으로 장애인과 재활환자들이 바라는 사회는 편견과 문턱이 없는 완전한 통합사회이며 모든 장애인들이 자유롭게 차별 없이 참여할 수 있는 사회이다. 외국에는 개인에 대한 대우가 다르다. 장애인이 가장 우대받고, 이어서 어린이와 여성. 그 뒤를 개가 잇고 맨 마지막이 건강한 남성 순이다. 미국 남성들은 "우리는 개만도 못한 삶을 살고 있다."고 농담한다.

우리사회에서도 하루 빨리 장애인과 재활환자가 가장 대우받을 수 있고 모든 장애인들이 함께 어울려 평화롭게 살 수 있기를 꿈꾸어 본다. 아주 멀리 느껴지지만 그런 사회가 조금씩 조금씩 다가오고 있다는 확신을 가지고 내일도 장애인을 돌보고 싶다.

이일영 ✤ 연세대학교 의과대학을 졸업했다. 미국 뉴욕대 메디컬센터에서 전임의를 마쳤고, 보스턴 국립의료기관인 웨스트 록스버리 보훈병원 척수손상 재활센터에서 과장으로 근무하다가 귀국, 1994년 아주대학교 재활의학과 교수로 일하고 있다. 수입의 10% 기부운동 및 주말 무료 진료활동 등을 펼치는 '행동하는 의사회'를 이끌며 국내 최초의 중증장애인 전문요양원 설립을 추진하고 있다.

# 그 사소한 생각 하나의 차이

성은주

저는 우여곡절 끝에 대학을 갔습니다. 태어난 지 100일 만에 오른쪽 다리가 불편해져서 지체 장애인이 된 저는 장애인 그룹에서는 정상인 취급을 받고, 보통 사람들 사이에서는 영락없는 중증 장애인이었습니다. 이런 이유로 졸업한 그해 대학 입학이 거부됐습니다. 단지 장애가 있다는 이유만으로 대학에 갈 수 없다니, 참 아이러니였습니다.

언젠가 오대산으로 열 댓 명이 MT를 간 일이 있습니다. 월정사에서 출발해 노인봉을 거쳐 소금강으로 하산하는 코스였는데, 걷는 속도가 다르다 보니 자연스럽게 두 갈래로 나뉘어져 저를 포함한 다섯 명은 뒤로 처지게 되었습니다. 진고개에 도착할 무렵, 시간은 벌써 오후로 넘어가고 있습니다. 서두르지 않으면 목표 지점인 노인봉까지 해 지기 전에 도착하기 어려운 상황이었습니다. 도저히 안 되겠던지 한 아이가 갑자기 저를 업고 가자고 제안했고, 다른 아이들도 모두 동의했습니다. 정작 업혀야 할 당사자인 제 의견은 물어보지도 않은 채. 저는 한사코 거부했습니다.

"싫어. 나 놓고 가! 혼자서 밤새도록 걸어서라도 찾아갈 테니까."

하지만 제 말은 무시되었고 아이들은 번갈아 저를 업었습니다. 단지 다른 아이들의 '편의'를 위해 짐짝처럼 운반된다는 생각뿐, '절대로' 고맙다는 마음은 들지 않았습니다. 그러나 왜 그런지 그때는 그 이유를 설명할 수 없었습니다.

### 작은 생각의 차이로 넘나드는 인간성의 경계

그 해답을 찾은 것은 그로부터 십 오년 후 독일 땅에서 특수교육학을 공부할 때였습니다. 어느 날 휠체어를 탄 중증 장애인의 일상사를 견학하기 위해 독일 장애인을 방문하게 되었는데, 때 마침 그는 공익 도우미와 외출 준비를 하고 있었습니다. 속옷과 다른 몇 가지를 사기 위한 외출이었습니다.

이상한 것은 외출준비를 하는 데에만 30분이 넘게 걸린다는 것이었습니다. 그럴 바에야 도우미가 혼자 나가서 사오면 될 것을 왜 번거롭게 외출을 할까 싶은 생각이 들었습니다. 이런 생각을 그대로 털어놓았더니 장애인과 도우미는 오히려 저를 이상하다는 듯 쳐다보았습니다.

"대신 사줄 수 있다고 그가 제안했지만 거절했어. 내 속옷인데 내 취향대로 골라 사야지. 그는 내가 아니니까 내 맘에 드는 걸 고를 수는 없거든."

이해할 수 없는 일은 가게에 가서도 벌어졌습니다. 좁은 전시대 사이로 휠체어가 드나들 수 없던 탓에 도우미는 수십 번도 넘게 속옷을 날라다 보여주며 고르도록 하는 것이었습니다. "귀찮지 않나요?"

저의 질문에 그는 대답했습니다.

"내게 주어진 시간 동안 내가 당연히 할 일인걸요."

그 순간 학창시절 등산 갔을 때가 떠올랐습니다. 제가 그토록 기분이 좋지 언짢았던 이유가 이제야 선명해지는 것 같았습니다. 친구들은 제 뜻을 존중해야 했던 것입니다. '모두의 편의를 위해서'라는 핑계를 대며 제 뜻을 무시하지 않았어야 했습니다. 그랬다면 아마 야간 산행을 했을지는 모르지만 적어도 저는 짐짝이 된 듯한 참담함은 겪지 않아도 되었을 겁니다. 인간으로서 누릴 수 있는 최소한의 권리를 지킬 수 있었을 것입니다. 지체 장애가 있는 제게 종주는 무리였을지 모르지만 전혀 불가능한 일은 아니었습니다. 그 후 혼자 한국의 유명한 산을 다 오를 수 있었으니까요. 혼자서 말입니다.

친구들과 저 사이에 가로 놓여 있던 사소한 생각의 차이를 찾는데 무려 15년이나 걸린 것입니다. 친구들의 뜻은 좋았지만 그렇다고 옳은 것은 아니었습니다. 그럴 생각은 없었겠지만 결과적으로 인격체로서 저의 존엄성은 공공의 편의를 위해 무시되었고, 저는 그것을 묵인한 것이었습니다.

그 후 잠시 귀국할 기회가 있어 모두를 만난 자리에서 저는 이 놀라운 발견을 이야기했습니다. 아무도 그런 사실을 기억하지 못했습니다. 그리고 저에게 되묻기를 그렇게 하는 것이 당연하지 않았겠느냐고.

지금도 저는 그 친구들을 사랑합니다. 제가 힘들 때 늘 힘이 되어주었고 희망을 주는 친구들이니까요. 그러나 그들은 저를 인간으로 인정해주는 것이 무엇인지 알지 못했습니다. 그것이 저를 슬프게 하고 삶의 의지를 빼앗는 선의의 폭력임을 몰랐던 것입니다. 발치에 돌이 놓여 있을 때 돌을 치워주는 것은 눈먼 사랑이요, 걸려 넘어져 다치더라도 다시는 넘어지지 않도록 스스로 배우게 하는 것이 깊은 사랑임을 몰랐던 것입니다.

### 내가 나일 수 있는 인간 존엄성의 조건

독일에서는 그것을 '스스로 결정하기'라고 합니다. 자신이 스스로 결정하게 되면 그로 인한 실수나 잘못을 통해서도 배우게 된다는 것입니다. 예를 들어 일단 휠체어에 앉게 되면 자기 의지란 없어지고 밀어주는 이를 비롯한 주변인들이 주체가 됩니다.

"저기 아름다운 가로수 길이 있긴 하지만 휠체어를 밀기엔 길이 울퉁불퉁해."

"금방 빨간불이야. 보도에 걸려 덜컹거리든 말든 빨리 건너야 해."

"비가 오니까 산책은 불가능해."

이처럼 외부 주체에게 결정을 맡기면, 그들의 결정이나 생각을 내 것인 양 받아들이는 수동적인 자세를 갖게 됩니다. 이런 자세는 옳지 않습니다. 장애인을 진정으로 돕고자 한다면 장애인 자신의 개성과 욕구를 스스로 존중하는 의지를 갖도록 도와주는 것이 중요합니다. 내가 무엇을 원하는지, 내가 무엇을 느끼는지 표현할 수 있어야 하며 전부는 아닐지라도 최소한 그 의미만이라도 받아들여져야

합니다. 우리에게 개인주의로 알려져 있는 독일인의 그런 생각은 진정한 나를 찾자는 의미로, 이기주의와는 분명히 구별됩니다.

문득 남편과 있었던 일이 생각나니 웃음이 나옵니다. 그는 대학에서 만난 독일인입니다. 독일생활을 하면서 저는 후천성 소아마비 증후군(Post-Polio-Syndrom)으로 인해 4급 장애인이 되어 지팡이를 짚고 때로는 겸연쩍게 휠체어를 타게 되었습니다.

비가 추적거리며 내리는 어느 날이었습니다. 야외 식물원으로 산책을 가자고 남편이 제안을 해오는 것이었습니다. 저는 질색을 했습니다. 옷이 젖는 것도 싫었지만 지팡이가 미끄러워 넘어질 것 같았기 때문입니다. 그랬더니 남편은 스무 가지가 넘는 온갖 제안을 했습니다. 그 중에 가장 맘에 드는 것은 '비가 오니까 젖어 보자는 것'이었습니다.

"정말 원하지 않으면 꼭 갈 필요는 없어. 하지만 한국에서 볼 수 있는 개나리가 많이 피어 있어. 비가 그치면 모두 떨어지고 없을 거야."

결국 저는 전혀 귀찮아하지 않는 그의 등에 업히기도 하고, 우산대를 지팡이 삼아 걷기도 하며 실컷 빗속을 누비고 다녔습니다. 우리가 존엄성 있는 인간으로 살아가는 힘은 이성적인 생각에서도 오지만, 때로는 가장 사소해 보이는 감성조차 기본적인 욕구로서 존중할 때 생길 수도 있다는 것을 깨닫게 된 사건이었습니다.

생각의 차이는 찾았으나 그것으로 제가 무엇을 할 수 있는지는 아직 미지수입니다. 제가 찾았다고 해서 벗들에게 강요할 수는 없겠지요. 다만 제가 느끼는 것을 알려줄 수는 있을 것입니다.

장애는 부끄러운 것이 아니라 불편한 것일 뿐입니다. 불편하니까 그 불편함을 호소하고 해소하려고 노력해야 하는 것입니다. 장애의 정도는 중요하지 않습니다. 그것으로 인해 오는 불편을 해소하는 방법과 정도의 차이가 있을 뿐입니다. 더불어 살아가다 보면 서로 부딪히게 마련입니다. 이것을 충돌로만 여기지 않고 서로 손을 맞잡아주는 협력으로 인식한다면 사소한 생각의 차이를 서로 인정하게 되는 법입니다.

성은주 ❋ 중앙대학교 약대와 서울가톨릭교리신학원을 졸업한 뒤 독일로 건너가 마부르크 대학에서 특수교육학으로 석사학위를 받았다. 후천성 소아마비 증후군으로 지체 장애를 얻은 그녀는 같은 대학에서 물리학을 전공하던 독일인 남편을 만나 현재 프랑크푸르트에서 살면서 가톨릭 선교사로도 활발히 활동하고 있다.

3부

세 번째 이야기

# 용기

# 롯데월드 지하광장 아저씨

김영현

벌써 12년이나 된 얘깁니다.

그 시절 나는 대학은 나왔으나 사회에 진출할 준비조차 못한 채 2년째 백수로 아무데나 기웃거리던 신세였습니다. 어찌어찌해서 경제잡지사에 들어가긴 했으나 적응을 하지 못하고 1년 만에 나와 버린 나는 느닷없이 MBC방송문화원이라는 학원에 등록했고, 그 곳에서 새로 생기는 퀴즈프로그램의 아이디어맨으로 덜컥 뽑혔습니다. 드디어 방송 일을 시작하게 된 것입니다.

뽑힐 때까지는 좋았습니다. 아니 처음 방송국에 들어간 날도 좋았습니다. 김혜자 씨도 보고 장동건 씨도 보았습니다. 나는 넉살 좋게 인사를 했고, 그 분들은 내 인사를 받아주었습니다. 드디어 나의 새 세상이 열리나보다 생각했습니다.

그러나 그 착각은 오래 가지 않았습니다. 아이디어맨이 아무런 아이디어도 낼 수가 없었으니까요. 정확하게 말하면 아이디어를 낼 수 없는 정도가 아니라 아예 입을 뗄 수가 없었습니다. 우선은 내가 방송이라는 것을 너무 모르는 아마추어인 것이 문제였습니다. 이 아이디어가 방송이 가능한 것인지 불가능한 것인지조차 판단할 수 없었으니까요.

그렇다고 해서 아무 아이디어나 내놓을 수도 없었습니다. 아이디어 회의란 것이 아마추어까지 보듬어 가는 놀이터가 아니고 당장 다음주에 방송될 내용을 결정해야 하는 전쟁터였기 때문입니다. 그런 전쟁터에서 나는 도저히 입을 뗄 수가 없었습니다. 그냥 과장하여 입을 떼지 못했다는 것이 아니고 정말로 한 마디도 하지 않았습니다. 물론 저만 그런 것은 아니고 같이 들어온 동료도 마찬가지였습니다. 결국 우리들은 선배들과 연출자들로부터 '묵묵이' '부답이'라는 핀잔을 들어야 했습니다.

그렇게 하루 이틀, 두 달이 지나자 나는 한계에 다다랐습니다. '내 갈 길이 아닌가보다' 라는 생각과 '여기서도 나가면 더 이상 갈 데가 없다'는 생각이 교차하면서 정말로 머리가 터질 것 같았습니다.

그 날도 역시 그런 날이었습니다. 회의시간 내내 한 마디도 하지 않은 채 일을 마친 나와 동료는 30번 좌석버스를 타고 집으로 가고 있었습니다. 그 날 따라 길은 몹시 막혀서 흑석동에서 압구정동까지 무려 두 시간이나 걸렸습니다. 그렇잖아도 머리가 터질 것 같은 우리 두 사람은 짜증이 나기 시작했습니다. 서로 신경질을 부리고 얼굴은 벌겋게 달아올랐습니다. 그래도 길은 뚫리지 않고 더욱 더 막혀 압구정역에서 한 정거장 가는 데도 30분이 걸렸습니다.

거기서부터 울기 시작한 듯합니다. 누가 먼저인지는 알 수 없으나 우리 둘은 울기 시작했고, 목적지인 롯데월드 정류장에 도착할 때까지 사람들이 보든 말든 실컷 울었습니다.

버스에서 내려 롯데월드 지하차도를 터덜터덜 걸어 내려온 나는 복받친 감정을 추스르고자 지하차도의 의자에 잠시 걸터앉았습니다. 그때였습니다. 어디선가 아주 작은 소리가 희미하게 들려왔습니다. 개미 소리만큼이나 작은 그 소리는 바로 '장갑이 천 원' '장갑이 천 원' '공장이 망했습니다'라는 소리였습니다. 나는 두리번거리며 어디서 나는 소린가 찾아보았습니다. 원래 그곳은 잡상인들이 많은 곳이고, 모두들 큰소리로 떠들어대는 곳이라 그런 작은 소리가 더 이상하게 들렸나 봅니다. 언제 울었냐는 듯 나는 열심히 주위를 둘러 보았습니다. 그 순간 한 아저씨의 모습이 눈에 들어 왔습니다. 그 아저씨는 눈에 눈물이 고인 채 털장갑 몇 개를 들고 개미만 한 소리를 내고 있었습니다. 차마 목소리가 나오지 않는지 그는 잠시 심호흡을 하고는 다시 외쳐보려 했지만 외쳐지지 않는 듯 여전히 개미 소리를 냈습니다. 그 아저씨는 그 이후로도 한참 동안 목소리를 크게 내보려고 안간힘을 쓰고 있었습니다. 나는 아저씨가 떠날 때까지 멍하니 서서 그 광경을 지켜보았습니다.

아마도 그 아저씨는 망했거나 회사에서 잘린 사람일 겁니다. 생전 해보지 않던 일을 해야 하는 상황에 직면한 사람일 겁니다. 또 자신의 천성으로는 도저히 할 수 없는 일을 해야만 하는 사람이었을 수도 있습니다.

눈물겨운 노력에도 불구하고 아저씨의 목소리는 조금도 커지지 않았지만, 그 모습을 지켜보던 나는 당장 바뀌었습니다. 그 날 밤 나는 우울하지도 슬퍼하지도 않은 채 밤새도록 아이디어를 생각하고 노트에 적었습니다. 그리고는 다음날 회의시간에 '노트'를 선배에게 보여 주었습니다. 선배는 몇 개는 비웃고 몇 개는 칭찬해 주었습니다. 다음날도 또 다음날도 나는 떠오르는 아이디어를 노트에 적어갔고, 그에 따라 칭찬을 듣는 일도 많아졌습니다. 그리고 어느 날, 드디어 난 입이 터졌습니다.

"선배님, 그거 재미없어요."

그렇게 나는 롯데광장 아저씨를 만난 이후로 점점 힘을 찾아갔습니다만 그 아저씨의 모습에서 내가 무엇을 느꼈던 것인지 정확히 표현할 수는 없습니다. 다만 "골라요. 골라. 천 원! 삼천 원!"하고 경쾌히 호객을 하는 프로페셔널 세일즈맨에게서는 느낄 수 없는 어떤 것이 있었던 것만큼은 확실합니다. 아마도 썩어가는 쓰레기 더미 사이나 흙냄새라고는 없는 콘크리트 길 사이로 비집고 나오는 연약한 새싹의 숨소리를 듣는 느낌이 아니었을까요?

12년이나 된 이 일을 다시 떠올리게 된 것은 얼마 전

드라마를 시작하는 후배 하나가 찾아왔기 때문입니다. 그 후배는 시각장애인 전숙연 씨와 그녀의 안내견을 주인공으로 하는 〈내 사랑 토람이〉라는 드라마를 집필하고 있었는데, 장애의 경험이 없어서인지 집필에 어려움을 겪고 있었습니다. 주인공과 안내견 토람이 사이에 어떤 정서가 오고 갈 것인지, 또 그 드라마에서 궁극적으로 무엇을 얘기할 것인지, 후배는 진지하게 고민하고 있었습니다. 그 모습을 지켜보고 있노라니 어찌 보면 전혀 상관이 없을 수도 있는 12년 전의 그 롯데광장 아저씨가 번쩍 떠올랐습니다. 더욱 놀라운 것은 후배인 그 작가도 나와 비슷한 경험이 있는 듯 시각장애인과 안내견의 관계를 자신과 자신을 일으켜주었던 어떤 사람의 관계처럼 그리면 어떨까 물어왔습니다. 나는 아주 좋다고 하였고, 결국 그 길로 드라마의 맥을 잡은 그 작가는 일사천리로 대본을 써 방송을 하였습니다. 드라마는 예기치 않은 사고로 눈을 잃고는 가족과의 관계까지 끊고 혼자 서울로 상경, 누구의 도움도 받지 않은 채 혼자 뭔가를 해보려던 주인공이 안내견 토람이의 듬직하고 충성스런 도움을 수용하게 되고 그로 인해 가족과 사회를 향해 마음을 열면서 다시 한 번 생의 힘을 찾게 되는 내용이었는데, 방송되자 많은 이들이 감동을 받았습니다.

나 또한 눈물로 〈내 사랑 토람이〉를 보았는데, 보면서 12년 전 당시에는 정리되지 않았던 롯데광장 아저씨 일이

차츰 정리가 되는 듯 했습니다. 아마도 그 때 나는 스스로를 움직일 수 없는 장애의 상황에 처했던 것 같습니다. 장애란 손발과 생체적인 신경을 통제할 수 없는 것만을 의미하는 게 아닐 것입니다. 한계상황에 압도되어 정신에 상처를 입고, 스스로 굴복하고 싶은 절망도 일종의 장애라고 할 수 있지 않을까요? 그렇게 볼 때 롯데광장 아저씨는 장애를 겪고 있던 나를 일으켜 세워준 구세주였습니다. 눈물까지 글썽이며 기를 쓰던 아저씨의 모습을 보지 않았다면 나 자신을 돌아보지도, 죽어가던 생명력을 되찾지도 못했을지 모르니까요. 결국 그 아저씨는 고통 속에서의 꿈틀거리는 몸짓을 보여줌으로써 나의 '토람이'가 되어주신 것입니다. 그것을 깨닫고 나니 나는 누군가의 '롯데광장 아저씨'나 누군가의 '토람이'가 되고 있는지 생각해 보게 됩니다.

언제부턴가 우리 사회는 잘된 사람들은 잘된 사람대로 안 된 사람들은 안 된 사람대로 누가 누구에게 상처를 주고, 또 상처받은 누군가는 또 다른 누군가에게 상처를 주는 상처의 연쇄고리가 이어지고 있습니다. 그러다보니 사람들은 상처를 받지 않으려 자신을 폐쇄하고, 점점 자기 속으로만 들어가는 듯합니다. 그럴수록 더욱 상처는 커지고 말입니다. 이제 누구랄 것도 없이 그 상처의 연쇄고리를 끊어야 할 때인 것 같습니다. 상처의 연쇄고리 대신 토람이의 연쇄고리, 롯데광장 아저씨의 연쇄고리가 이어진다면 우리는 훨씬 행복해질 테니까요.

참으로 괴로웠던 순간에 그 아저씨가 보여준 노력과 눈물이 내 변화의 힘이 되고, 평생 감동으로 남은 것처럼 나도 단 한 사람에게라도 그런 존재가 되어봐야겠습니다.

김영현 ✤ 연세대 경제학과를 졸업한 뒤 방송작가로 활동하고 있다. 분과 초를 앞다투는 방송국의 일에 적응하기까지 많이 힘들기도 했으나, 그 과정에서 타인을 미워하거나 스스로를 보호하기 위해 여러 가지 논리와 복잡한 이념으로 무장하는 대신 명쾌한 자신의 직관을 믿으며 오늘 이 자리까지 왔다. 2004년 3월 TV드라마 사상 최고의 인기를 누리며 막을 내린 〈대장금〉의 극본을 쓴 주인공이기도 하다.

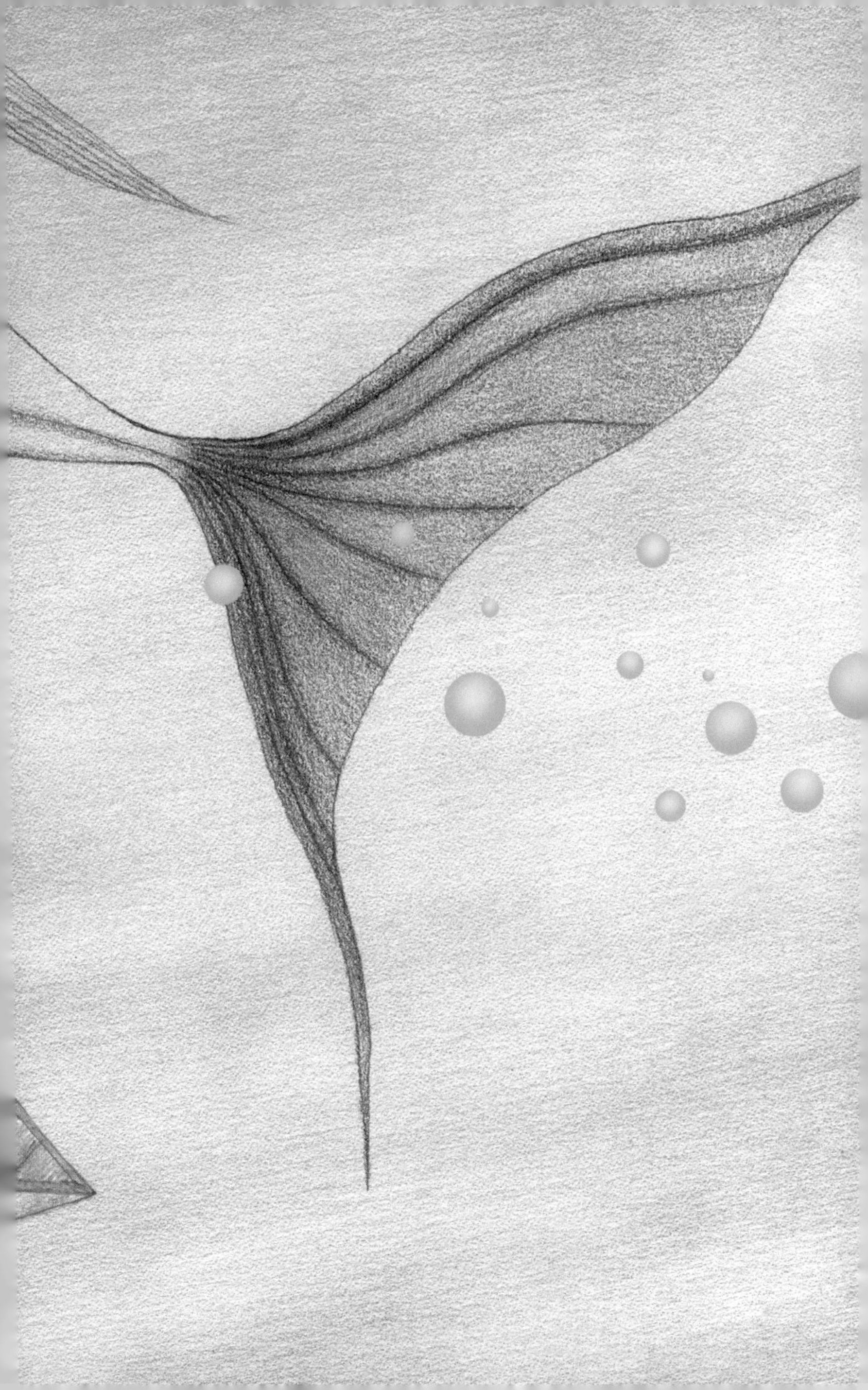

# 내게 주신 막내 아들

정종화

"1번은 엄마, 2번은 아빠, 3번은 인화, 4번은 민정이." 6살배기 아들은 좋아하는 순서를 자기 기분에 따라 바꿔가며 말하곤 한다. 그래도 고마운 것은 엄마인 내가 항상 1번을 차지하고 있다는 것이다. 유치원을 다니면서 같은 반 여자 친구가 생기자 항상 3번과 4번을 주었던 지 누나들의 자리를 여자 친구 이름으로 바꿔 버린 귀여운 내 아들. 유치원이 쉬는 토요일, 맞벌이 엄마아빠가 출근하고 누나 둘 다 학교에 가버리면 누나들이 학교에서 돌아오기 전까지 서너

시간 혼자 남겨지는데도 "엄마, 나 텔레비전 보고 컴퓨터 게임하면 하나도 안 무서워. 대신 엄마 회사 갔다올때 아이스크림 사다 줘요."하는 근사하고 멋진 내 씩씩한 아들. 이 아이 때문에 남편과 내가 얼마나 많은 눈물을 흘렸던지.

### 구순열, 구개열의 내 아들

구순열, 구개열을 가지고 태어난 아이, 정말 표현하기도, 듣기도 싫은 말이지만 사람들은 이를 두고 '언청이'라 부른다. 임신 9개월에 초음파를 통해 아들에게 이상이 있다는 것을 알게 되었다. 말로만 듣던 언청이라는 말이 내게 다가올 것이라고는 단 한 번도 생각해 본 적이 없었기에 하늘이 무너져 내리는 것 같았다. 의사의 오진일지도 모른다는 판단으로 병원을 세 군데나 옮겨가며 검사를 받아 봤지만 결과는 모두 같았다. 출산일이 다가오자 나는 다니던 병원을 신촌의 큰 대학병원으로 옮겼다. 아이의 인중 사이가 갈라지고 입천정까지 갈라져 있을 경우에는 수유를 하기 힘들고, 일반 젖병을 사용하지 못하기 때문에 큰 병원에서 아이의 상태에 따라 치료를 받아야 했기 때문이었다.

1999년 5월 28일 새벽에 진통을 느끼고는 남편과 두

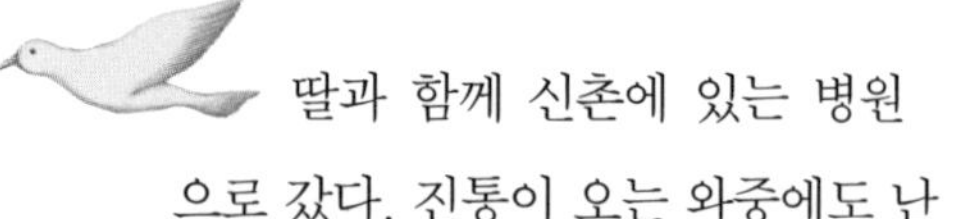

딸과 함께 신촌에 있는 병원으로 갔다. 진통이 오는 와중에도 난 산고에 대한 두려움보다는 제발 이 아이가 정상으로 태어나기만을 기도하고 또 기도했다. 제발 의사의 오진이기를, 그게 아니라면 입술만이기를, 부디 입속 천정까지 갈라진 모습만은 아니기를 정말 간절히, 간절히 기원했다. 그런 탓에 산고의 아픔은 더욱 더 무거웠다. 뼈가 으스러지는 듯한 고통이었지만, 아이에 대한 간절한 기도로 그 힘겨운 산고를 이겨낼 수 있었다. 그리고 두 시간여의 진통 끝에 아이를 낳았다. 그러나 아이는 입술 인중을 중심으로 입천정까지 갈라진 채로 태어났다.

의사가 처음으로 내게 아이를 보여 주었을 때. 왠지 모를 원망으로 한없이 눈물이 흘렀다. 늘 착하게만 살아 왔다고 생각하는 나와 나의 가정에 왜 이런 일이 생긴 걸까 하는 원망이었다. 그렇게 태어난 아이는 바로 신생아 집중치료실로 들어가 인큐베이터 생활을 해야 했다. 구개열과 구순열을 모두 가지고 태어난 아이는 정상적인 수유가 되지 못할 뿐 아니라 천정까지 갈라져 있기 때문에 잘못 먹을 경우 식도가 아닌 호흡기 쪽으로 수분이 들어가 큰 일이 생길 수 있으므로 세심한 주의가 필요했다. 분만실에서 입원실로 옮기고서는 어두운 얼굴을 애써 감춘 남편을 만날 수 있었다. 두 딸아이를 키웠던 탓에 직장에서 늘 딸딸이 아빠라는 놀림 아닌 놀림을 받았던 남편. 그리 바라던 아들을 얻었건만.

"여보. 수고 했어요. 우리 아들 나도 봤는데 정말 잘생겼던 걸. 녀석이 나랑 쏘옥 빼닮은 게 나중에 여자들한테 인기 많을 것 같아. 그리고 입술은 말야, 여보, 내가 열심히 일해서 우리 아들 녀석 조금 잘못된 부분 다 고쳐줄 테니 전혀 걱정하지 마. 요즘 성형의학이 얼마나 발달되었는데 그 정도는 이젠 아무것도 아니래. 알겠지?"

하루가 지나고 남편의 부축을 받으며 신생아 집중 치료실을 찾았다. 간호사에게 아이를 보러 왔다고 신청을 하자 인큐베이터에서 아이를 안고 우리 부부가 있는 유리창으로 다가 왔다. 남편과 나는 손을 꼭 붙잡고 한없이 눈물을 흘릴 수밖에 없었다.

"여보, 울지 마. 우리가 우는 걸 아기가 알면 얼마나 서운하겠어. 응? 자, 눈물 닦자……."

남편의 그 말에 난 아예 엉엉대고 울어 버렸다. 왠지 모를 억울함과 서러움이 밀려오는 탓에 정말이지 눈물을 그칠 수 가 없었던 것이다. 하루를 더 병원에서 보내고 나는 남편과 함께 퇴원을 하였다. 그러나 아이는 데려올 수가 없었다. 아직 더 많은 시간을 병원에서 보내야 하는 까닭이었다. 첫째 아이와 둘째 아이 때는 모두 내 품에 아이를 안고 병원을 나왔었는데, 아이를 병원에 둔 채 나 혼자만 퇴원하려니 좀처럼 발길이 떨어지질 않았다. 집에 도착해서 어머니께서 끓여 주신 미역국을 먹거나 화장실을 가거나 잠을 잘 때에도 아이의 모습이 떠나질 않았다. 아이가 얼마나 외로울지, 엄마가 얼마나 그리울지, 엄마 젖 한 번 못 먹고 있는 내 아이가 얼마나 측은하고 안타깝던지…….

남편은 매일 퇴근길에 병원에 들러 아이를 보고 왔다. 마음 같아서는 나 역시도 매일 아이를 보러 병원에 가고 싶었지만, 산후 조리를 이유로 어머니가 극구 반대하시는 까닭에 며칠은 참아야 했다. 아이를 출산하고 대략 일주일쯤 지났을 때, 남편과 나는 병원에 가서 치과 의사 선생님을 만났다. 비록 일주일이라는 짧은 기간이었지만 아이는 정말 몰라보게 많이 자라 있었다. 그런 아이를 처음으로 품에 안고 나는 또다시 버릇처럼 많은 눈물을 흘려야 했다. 치과 선생님은 아이의 인공 입천정을 만들어야 한다고 했다. 인공 입천정을 만들어 아이에게 분유를 먹일 때 끼워 넣고 먹여야만 분유가 바로 식도로 들어갈 수 있다는 것이었다. 산 넘어 산이었다. 중간 병원비를 점검하는 남편의 얼굴은 다시 어두워지기 시작했다. 이미 두 아이를 낳아 키우며 살던 우리 부부의 살림은 그리 넉넉한 편이 아니었기 때문에 남편의 근심은 이만 저만 아니었으리라. 퇴원일이 잡히고 20일간 병원생활을 했던 아이를 퇴원시키는 날이 되었다. 전날 병원비를 정산 받은 남편은 어렵사리 병원비를 마련하였고 우리 부부는 아이를 퇴원시키러 병원에 갔다.

### 후원금으로 마련한 퇴원비

집중 치료실에서 아이에 대한 주의 사항을 모두 듣고 아이를 안고서는 퇴원 수속을 하러간 남편을 기다리고 있었다. 퇴원비를 모두 내어야만 아이를 데리고 나올 수 있었는데 30분을 기다려도 남편이 오질 않았다. 남편은 사치라면서 핸드폰을 쓰지 않았으므로 연락할 방법이 없었다. 하는 수 없이 계속 기다리는데, 남편은 여전히 오질 않았다. 머쓱하게 아이를 안고 간호사실에 앉아 있으려니 여간 답답한 게 아니었다. 그러기를 두 시간, 드디어 남편이 땀을 뻘뻘 흘리며 뛰다시피 들어 왔다. 겨우 한숨을 돌린 나는 아이의 퇴원비 지불 영수증을 보이고 아이를 안고 병원을 나올 수 있었다. 남편은 왜 이렇게 늦었냐는 내 질문에 계속 아는 사람을 만나서 얘기를 하다 왔다고 한다.

"당신은 내가 아이랑 병원에서 당신만 눈 빠져라 기다

리는 걸 알면서도 어떻게 그렇게 무책임할 수 있어요? 아이 안고 앉아서 왔다갔다 하는 간호사들 눈치를 얼마나 본 줄 알아요?"

이렇게 잔소리를 했는데도 남편은 그저 미안하단 말만 할뿐 다른 말을 하지 않는다. 집에 도착해서 아이를 눕히고 서투른 손짓으로 아이의 인공 입천정을 끼워 놓고 분유를 먹이면서도 나는 남편에게 얼마나 잔소리를 했는지 모른다. 내 잔소리가 듣기 싫어서일까? 남편이 아무 말 없이 집을 나섰다. 30분쯤 지나서 들어온 남편은 내게 통장 하나를 건넸다. 통장엔 오늘자로 입금된 내역이 17개나 있었다. 모두 내가 아는 남편 친구들의 이름이었다. 20만원, 7만원, 3만5천원, 11만원 등등 모두 일정하지 않게 입금된 내역이었다. 모두 합해서 134만원이 입금되어 있었다. 이게 어떻게 된 거냐고 물었다.

"여보, 사실 퇴원비를 정산하러 갔더니 어제 물어본 것보다 90만원이 넘게 많이 나왔더라고. 치과 진료비를 정산할 때 포함시키지 않아선가 봐. 아무튼 당신도 알다시피 퇴원비 마련하느라 있는 돈 없는 돈 다 모아서 만들어 갔는데, 얼마나 당황스럽던지 말이야. 해서 친구들한테 전화를 했어. 당신 알다시피 난 남한테 돈 꾸는 거 잘 못하잖어. 어렵게 창섭이랑 성만이한테 전화를 했는데, 녀석들 모두 여유가 없었나 봐. 내일이나 일주일 후에 빌려달라고 하는 게 아니고, 당장 필요하니 지금 바로 보내 달라니까 녀석들도 무지 당황 했을 거야. 아무튼 계속 현금지급기 앞에서 돈이 들어왔나 확인을 하는데 한 시간쯤 지나서 계속 조금씩 입금이 되는 거야. 두 친구한테만 말했는데 이 녀석들이 자기가 없으니깐 다른 친구들한테까지 다 전화해서 지금 가지고 있는 돈 모두 나한테 보내라고 했던 모양이야. 봐봐. 상철이는 3만원도 아니고 5만원도 아니고 3만 5천원을 보냈잖아. 이 녀석들 모두 정말 지들 주머니에 있는 돈 탈탈 털어서 보내준 거야. 고맙게도. 90만원이 필요하다고 했는데 134만원이나 들어왔잖아. 내 친구들 정말 멋지지? 당신한테는 내가 좀 미안하기도 해서 그냥 아는 사람 만나서 늦었다고 한 거야. 당신까지 그런 걱정하게 하기 싫어서. 정말 미안해, 여보. 그리고 우리 이제부터 열심히 살자. 좀 더 아끼고 내가 좀 더 벌고. 아까 아이

퇴원시키는데 간호사가 그러더라고. 돈 많이 벌어야 한다고. 이 병은 아주 많은 돈이 들어간다고, 두 번째 수술까지는 보험 혜택이 있지만 그 후 수술은 미용성형으로 분리되서 보험 혜택을 못 받는대. 그러니 당연히 돈이 많이 들어갈 테지."

난 남편의 마음이 되어 다시 엉엉 울었다. 남편의 친구들이 너무 고맙기도 했고. 병원에 앉아 영문도 모른 채 남편을 원망하며 기다린 나보다는 모자란 퇴원비를 채우려고 여기 저기 전화해가며 돈을 구하는 것이 수십 배는 더 힘들었을 거라는 생각이 들었기 때문이다. 그런 것도 모르고 그리 잔소리를 해대었으니 남편에게 여간 미안한 게 아니었다. 남편과 내게 있어 그날 친구들이 보내 주었던 134만원은 그 어떤 큰돈보다도 소중하고 커다란 돈이었다. 아마도 남편과 나는 그 돈을 평생 잊지 못할 것이다.

그 소중한 우리 아들은 이제 6살이 되었고 아이가 태어난 지 100일째에 했던 1차 수술도 잘 되어서 갈라져 있던 인중을 하나로 만들었다. 입속 천정을 붙이는 수술은 아이가 돌이 되었을 때에 했는데 이 역시도 다행히 잘 되어 후유증 없이 잘 지내고 있다. 아이의 수술비를 대느라 남편과 나는 빠듯한 살림 속에서도 열심히, 정말 열심히 살았던 것 같다. 남편은 쉬는 날에도 막일까지 해가며 가장으로서 책임을 다하고자 노력했다. 해서 다행히 더 이상은 그날의 고마운 남편 친구들에게 또다시 돈 빌리는 일은 만들지 않고 병원비를 치러낼 수 있었지만, 그러기 위해서는 첫째와 둘째 아이의 희생이 동반되어 있었다. 남편과 나야 조금 못 먹고 덜 입고 사는 것을 모두 참을 수 있었지만, 아이들에게까지 남들처럼 잘 해주지 못하고 있다는 현실이 얼마나 안타까운 것인지 엄마로서 참으로 속상하고 힘든 일이었던 것 같다.

### 생명으로 가르치시는 사랑

사실 이제부터가 시작이다. 아직은 흉이 남아 있는 입술 언저리와 코를 수술해야 하고 치아와 잇몸도 수술해야 한다고 한다. 그래도 이제는 나도 남편과 함께 매달 작지만 소중한 월급을 타는 직장이 생긴 탓에 남편의 버거움을 조금 나눌 수 있어서 다행이다. 처음 아이를 낳고는 왜 이런 일이 나에게 생겼나 하는 생각에 하늘과 세상을 무척이나 원망했지만, 이제는 그나마 내가 노력해서 아이의 장애를 극복시킬 수 있다는 것에 오히려 더 감사하게 되었다. 세상에 많은 부모들이 자신들의 아이의 장애로 인해 얼마나 고생을 하고 있는지 많이 보고 느꼈기 때문이다. 돈이 산더미처럼 많을지라도 치유되지 못할 장애를 가진 사람도 있을 테고, 조금의 돈만 있더라도 치유할 수 있는데, 그냥 살아갈 수밖에 없는 처지의 사람들도 많을 것이기에, 나와 남편은 이제 더 이상 세상을 원망하며 살지 않기로 했다. 오히려 이렇듯 씩씩하고 엄마를 사랑해주는 근사한 아들을 주신 하나님께 감사하며 살아가기로 했다.

정종화 ❦ 육군 하사관으로 복무 중 요리병인 남편이 만들어준 김치 맛에 반해 결혼했다. 두 딸을 낳고 어렵지만 행복하게 살던 중 막내 하늘이가 구순·구개열로 태어나면서 남모를 마음고생을 많이 겪었다. 하지만 남편 이종근 씨의 헌신적인 사랑과 두 딸의 이해, 건강하게 자라나는 하늘이를 보면서 삶의 보람을 새롭게 찾았으며, 최근에는 남편이 경기도 수지 물류센터 뒤에 '신라감저'라는 음식점을 내면서 더욱 바쁘게 살아가고 있다.

# 수호천사

이정식

박지훈. 2005년 올해 10살. 2004년 말에 많은 사람들을 안타깝게 했던 어린 소년이다.

나는 2005년 2월 2일 인하대 병원에 입원해 있는 박지훈 군을 찾아갔다. 그 동안 CBS TV 시청자와 네티즌들이 보내준 성금을 전달하고 지훈 군을 위로, 격려하기 위해서였다.

병실에 들어서니 자그맣고 가냘픈 체구의 지훈이가 병

상에 앉은 채 허리를 굽혀 이마를 베개에 기대고 있었다. 병상을 지키고 있던 지훈이의 부모는 아이가 힘이 들어 그런 모양을 하고 있다고 했다. 지훈이는 말도 조금씩 하고, 일으켜 세우면 잠시 일어설 만큼 병세가 호전되어 있었다. 아이가 힘들어 하여 몇 마디 나누지는 못했지만, 짧은 말 속에서도 영리하고 똑똑한 아이라는 것을 알 수 있었다.

지훈이의 어머니는

"하루에도 몇 번씩 네티즌들이 보내준 편지를 읽고 또 읽습니다. 지훈이도 편지를 읽어주면 힘이 나나 봐요. 자꾸 자꾸 읽어달라고 보채요. 그리고 저한테 쓴 편지도 있는데, 엄마가 지훈이 앞에서 울면 더 슬프고 힘들어 하니까 엄마는 절대로 지훈이 앞에서 울지 마라는 내용도 있었어요. 그 편지를 보니 다시 눈물이 나요. 너무 고마운 것 같아요."

라며 지훈이와 가족에게 희망을 불어 넣어준 이들에 대한 고마움을 눈물로 대신했다.

함께 병원에 간 CBS 직원들이 지훈이에게 파란색 운동화를 선물했다. 지훈이가 평소 갖고 싶어 한 것이라고 했다. 어서 빨리 나아서 힘차게 뛰어 놀라는 뜻이 담긴 선물이기도 하다.

지훈이의 어머니 신정숙 씨가 말라서 앙상해진 지훈이의 발에 운동화를 신겨주니 지훈이가 손가락으로 두 눈꺼풀을 힘겹게 들어올려 내려다보고는 모처럼 밝은 미소를 지어 보였다. 지훈이는 고열로 각막을 상해 시력이 많이 떨어진데다 제대로 눈을 뜨지 못하는 상태였다. 새 운동화를 신은 지훈이는 엄마, 아빠의 부축을 받아가며 힘겹게 일어섰다. 고열로 짓무르고 검게 타버린 얼굴 위로 아이의 해맑은 미소가 활짝 떠올랐다.

박지훈 군의 사연이 세상에 알려진 것은 2004년 12월. 어느 교회 전도사의 소개로 CBS TV 〈수호천사, 사랑의 달란트를 나눕시다〉 제작진이 사연을 접하게 되었는데, 처음에는 가족들이 취재를 거절했다고 한다. 지훈이의 병이 사람들 입에 함부로 오르내리는 것을 우려했기 때문인데, 제작진의 진심 어린 설득 끝에 어렵게 응하게 되었다.

당시 지훈이는 스티븐존슨 증후군으로 생사를 알 수 없는 상태였다. 스티븐존슨 증후군은 알레르기를 일으키는 물질로 인한 피부혈관의 이상 반응으로 희귀난치성질환협회에조차 등록되지 않은 희귀성 질환이었다. 사망률이 65%에 이르는 스티븐존슨증후군은 고열로 출혈성 발진이

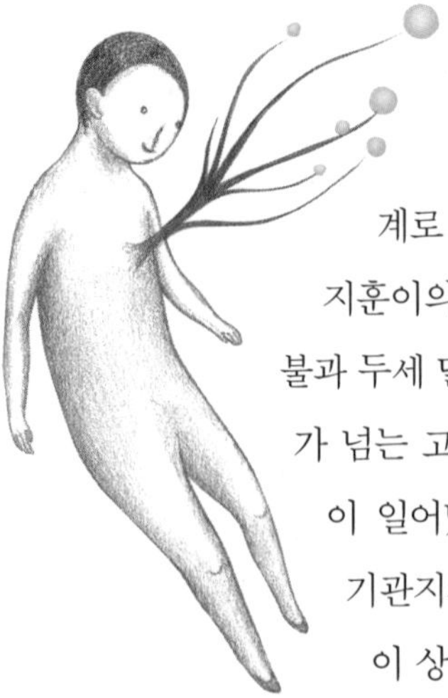

생겨 피부가 화상환자처럼 벗겨지는 질병으로, 그 정도에 따라 10단계로 상태를 구분한다.

지훈이의 경우는 2004년 9월말에 발병한 지 불과 두세 달 만에 병세가 크게 악화되어, 40도가 넘는 고열로 피부의 95%이상 출혈성 발진이 일어났고, 안구와 입 안은 물론 식도와 기관지까지 헐 정도로 최악의 단계였다.

이 상태는 합병증과 호흡곤란증후군으로 사망률이 70%를 넘는 중증으로, 스티븐존슨 증후군의 단계를 넘어선 중독성표피괴사증이라고 할 수 있었다.

2004년 12월 당시 지훈이는 중환자실에서 겨우 물만 먹으며 버티고 있었다. 지훈이의 고통은 이루 말할 수 없었다.

우리는 우선 인터넷 기사로 지훈이의 안타까운 사연을 담아 세상에 내보냈다. 노컷뉴스에 실린 기사 내용은 다음과 같았다.

"엄마, 나 이만큼 아팠으니 죽어도 돼? 나 그만 하늘나라로 가게 해 줘..."

희귀병을 앓고 있는 박지훈 군(9살, 초등학교 2학년)은 오늘도 울면서 엄마에게 고통을 호소한다. 죽고 싶다는 말이 겨우 9살짜리 아이의 입에서 나온 것이라고는 믿겨지지 않는다. 끔찍하게 일그러진 아이의 얼굴은 화상을 당한 것처럼 빨갛게 익어 진물이 줄줄 흐르고 귀까지 뭉그러져 보는 이들로 하여금 안타까움을 사고 있다.

지훈 군이 앓고 있는 병은 국내 최초로 발견된 희귀질환 '스티븐 존슨 증후군'. 이 병은 알레르기를 일으키는 물질로 인한 피부혈관의 이상 반응을 말한다. 40도의 고열로 입안에 수포가 생겨 음식을 먹을 수도 없고, 출혈성 발진이 나타나 화상환자같이 피부가 벗겨지는 병이다.

지훈이가 이 병에 걸린 것은 2004년 9월말 추석 즈음이다. 그 후로 두 달이 지난 지금, 지훈이는 살아있는 자체가 기적이라고 할 만큼 세계적으로 이례적인 케이스라는 것이 의료진의 설명이다.

지훈이가 중환자실에서 먹을 수 있는 것은 오직 물 뿐. 그것도 조금씩 나눠 주사기를 통해 먹고 있지만 삼키는 일조차 지훈이에게는 버겁다.

2004년 12월 3일 CBS노컷뉴스

노컷뉴스에 기사가 나가자마자 놀라운 일이 일어났다.

네티즌의 관심이 모여들기 시작한 것이다. 네이버, 다음, 야후 등 인터넷 포털 사이트에서 릴레이 보도를 하고, 그와 함께 성금이 밀려들기 시작했다. 기사가 나간 지 하루 만에 성금이 1억 원을 훌쩍 넘더니 CBS TV에 방영되면서 불과 며칠 만에 3억 800여만 원에 이르렀다. 이 가운데 ARS 수수료 등을 제외하면 실모금액은 2억 9,100여만 원이었는데, 지훈이 부모는 절반만 받겠다고 했다.

지훈이의 아버지 박재현 씨는

"가족회의를 했어요. 우리 아이가 아프니까 평소에는 잘 보이지 않던 주위의 아픈 어린이들이 많이 보이더라구요. 부모 마음은 다 같을 텐데……. 그들에게도 작은 도움이 됐으면 좋겠어요."

라며 나머지 절반은 질병으로 고통받는 다른 아이들을 위해 써달라고 했다. 결국 지훈이 부모에게는 1억 4천여만 원이 전해졌다.

사실 스티븐존슨 증후군은 치료에 사용되는 고가의 의약품이 대부분 의료보험이 적용되지 않아 한 달에 1,000만 원이 넘는 치료비가 소요되고 있었다. 병세가 악화될 무렵에는 하루에 600만원이 소요될 정도였다. 기사가 나간 후 의료보호 2종 혜택을 받게 되긴 했지만 희귀질환 치료에 쓰이는 약물에 대해서는 여전히 의료보험이 적용되지 않고 있었다. 그럼에도 불구하고 지훈이네 가족은 고통받는 다른 아이들을 위해 기꺼이 성금의 반을 쾌척한 것이다.

수많은 수호천사들의 사랑 덕분이었을까? 그날 이후 지훈이는 어려운 고비를 넘기고 서서히 건강을 회복하고 있다. 담당의사들조차 기적이라고 말할 만큼, 진물은 마르고 딱지도 떨어져 가며 조금씩 예전의 모습을 되찾아 가는 중이다.

지훈이를 만나러 인하대 병원을 찾던 날, 안상수 인천시장을 잠시 만났었다. 그때 지훈 군의 이야기를 나누던 중에 그가 한 말이 떠오른다. 기독교인이기도 한 안 시장은 이런 말을 했었다.

"장애인을 보거나 딱한 사람들의 이야기를 들으면, '하나님이 왜 어떤 이들에게는 그런 장애나 어려움을 주셨을까' 하고 의문을 갖습니다. 그런데 한편 생각해 보면, 우리들에게 그런 사람들을 돌보라는 뜻이 아닐까요."

맞는 말이다. 이 세상 누군가 어려움에 처할 때 우리는 수호천사가 나타나는 것을 목격한다. 지훈이의 수호천사는 지훈이 가족이 출석하는 교회와 이웃, 그리고 전국의

CBS TV 시청자와 수많은 네티즌들이었다.

수호천사는 바로 너와 나, 우리 모두인 것이다. (*)

* 박지훈 군은 2005년 7월 병원에서 퇴원하여 집에서 치료를 해 오던 중 폐의 염증으로 다시 입원치료를 받고 있습니다.

지훈 군의 아버지는 성원해 주신 분들께 드리는 편지에서 이렇게 말합니다.

"아직 가야 할 길이 멀지만 많은 분들이 격려해 주시고, 응원해 주시기에 지훈이가 용기를 얻어 열심히 치료받을 거라 생각됩니다. 이번 기회에 이웃들의 사랑이 얼마나 큰 기적을 만들어 내는지 알게 됐고, 앞으로 어떤 어려움이 닥치더라도 이겨낼 수 있을 거란 용기도 생겼습니다. 여러분의 사랑에 보답하기 위해서라도 끝까지 잘 이겨내, 예전의 지훈이의 모습으로 거듭날 수 있도록 앞으로 더욱 더 열심히 기도하고 노력하겠습니다."

지훈이의 빠른 쾌유와 지훈이 가정의 행복을 간절히 기원합니다.

이정식 ✤ 경복고와 서울대학교를 졸업했다. 1979년 CBS에 입사했지만 언론통폐합으로 인해 KBS로 옮긴 뒤 사회부 정치부 기자 생활을 했다. 1988년 CBS 뉴스부활과 함께 재입사해 정치부장, 워싱턴 특파원, 청주방송 본부장을 역임한 후 현재 CBS사장과 푸르메재단 이사로 재직 중이다. IPI 한국위원회 이사, 한국 방송협회 부회장을 맡고 있으며, 2003년 세계복음화협의회와 국민일보가 주는 자랑스러운 언론상을 수상한 바 있다.

# 크리스마스 바구니

백경학

"1 페니히(6원)이라도 좋습니다. 여러 분의 정성을 모아 주십시오."

1998년 크리스마스 이브. 나는 독일 남부 뮌헨에서 32킬로미터 떨어진 호반도시 '에싱(Eching)'의 작은 성당에 앉아 있었다. 창 밖에는 흰눈이 휘날리고 있었다. 난방이 안된 성당 안은 냉기가 감돌았다. '누가 짠돌이 아니랄까 봐!' 냉골에서 크리스마스 이브 미사를 치르는 독일인들에게 은근히 부아가 치밀었다. 만약 예수님이 살아난다면 매달린 십자가에서 내려오셔서 '아낄 것이 따로 있지 내 생일날도 벌벌 떨게 하냐?"며 독일 신부에게 종주먹을 내밀지 않으셨을까.

그 해 겨울은 유난히 많은 눈이 내렸다. 아마 평생 동안 볼 수 있는 눈을 한꺼번에 본 것 같다. 하늘은 모든 것을 파묻기로 작정한 듯 하염없이 눈을 쏟아냈다.

'눈만 봐도 겁난다'는 말이 실감났다. 누가 눈을 낭만적이라고 했던가. 내게 눈은 공포의 대상으로 변해갔다. 아침부터 마을 사람들이 몰려나와 쌓인 눈을 치웠지만 '길 없는 길'이 되풀이 되곤 했다. 꼬마들이 썰매를 타기 시작하자 처음에는 쭈뼛거리던 어른들도 하나 둘 스키를 타고 나타나 '눈난리'를 즐겼다. '설국(雪國)'이 따로 없었다.

뮌헨 시내 한인성당에 다니던 우리 가족은 이날 처음으로 마을에 있는 독일성당 문을 두드렸다. 폭설을 뚫고 시내까지 수 없었기 때문이다. 강론이 끝나고 바하풍의 장엄한 미사곡이 울려 퍼졌다. 음악소리에 퍼뜩 정신이 든 나는 주위를 둘러봤다. 옆집 요셉 할아버지와 엘리자베스 할머니가 초록색과 빨간색 바이에른 전통복장을 입고 앞자리에 앉아 있었다. 그 옆에는 동네에서 유명한 개구쟁이인 플로리안이 발장난을 치고 있었고.

그 순간 나와 조금 떨어진 옆 좌석에 다소곳이 앉아 계신 할머니가 눈에 띄었다. 흰색 머플러를 쓴 할머니는 나무 바구니를 소중히 안고 계셨다. 10년은 더 낡아 보이는 빛바랜 바구니를.

내가 낮은 목소리로 물었다.

"할머니 무슨 바구니에요?" 여든을 훌쩍 넘겼을 할머니 얼굴에 잔잔한 미소가 스쳤다.

"기부금을 내려고 가져온 것이라우!"

"아! 네."

헌금순서가 되자 할머니는 조심스럽게 바구니를 들고 앞으로 나갔다. '무슨 소중한 것이 담겼을까' 하는 생각이 들었지만 곧 미사곡에 묻혀졌다.

독일 신부님이 성호를 그어 발이 꽁꽁 언 신자들에게 축복을 내리는 것으로 미사가 끝났다. 사람들이 썰물처럼 성당문을 빠져 나갔다.

저만치 현관을 나서는 할머니가 눈에 띄었다. 나는 부리나케 할머니를 쫓아갔다.

"할머니! 바쁜 일 있으세요?"

"왜 그러우?"

"이제 눈이 그친 것 같아요. 할머니하고 애기를 하고 싶어서요."

"나하고 말이우?"

나는 조용히 고개를 끄덕였다.

"아까부터 궁금했어요. 무슨 바구니일까 하고?"

"그래요? 별것 아니라오."

언제 따라왔는지 일곱 살 난 딸아이가 간청했다.

"뭐가 들었는지 말씀해 주세요."

할머니는 동양 어린애가 또렷하게 독일 말을 쓰는 것이 대견하다는 듯 미소를 지으며 이야기를 시작했다.

50여년 전, 할머니의 가족은 몹시 비참한 처지에 놓여 있었다. 당시 2차 세계대전이 한창이었는데 남편이 전사했다는 통지서를 받은 것이다. 한창 젊은 20대 나이에 4살 난 아들과 2살 난 딸과 함께 남겨진 할머니는 사는 낙도, 살아갈 방법도 없어서 날마다 울면서 밤을 지새웠다.

벌이가 없었으니 할머니네 세 식구는 굶기를 밥 먹듯 했다. 아이들은 너무 배가 고픈 나머지 음식을 그린 뒤 벽

에 붙여놓고 배불리 먹는 놀이를 할 정도였다. 그러던 어느 날 놀라운 일이 일어났다. 주먹만 한 감자 세 개가 현관 앞에 놓여 있는 게 아닌가! 너나없이 가난해서 누구를 도와준다는 것은 꿈도 꿀 수 없는 시절이었기에 누가 그런 일을 하는지 궁금했다. 그래서 새벽녘 창문 틈으로 내다보니 이웃집 할아버지가 살금살금 다가와 감자 봉투를 현관에 놓고 사라지는 것이었다. 그 할아버지는 1차 세계대전 때 아들 둘을 잃고 할머니와 둘이서 농사를 지으며 살고 계신 분이었다.

할머니는 세상이 참 아름답다고 느끼며 노부부를 찾아가 감사의 뜻을 전했다. 은혜를 보답할 능력이 없었기에 몇 번이고 고개를 숙여 감사의 뜻을 표하는 수밖에 달리 방법이 없었다. 그 후로도 노부부는 계속 할머니네 가족을 도왔고, 두 달 뒤 할머니네는 다른 도시로 이사하게 되었다.

새로운 도시에 정착한 할머니는 다행히 조그만 가게에

취직했고, 허리띠를 졸라맨 결과 두 아이를 공부시키고 생활도 안정되었다.

그러던 어느 해 겨울이었다. 크리스마스를 앞둔 어느 날, 우연히 TV에서 아프리카와 아시아의 어린이들이 전쟁과 가난으로 죽어가는 모습을 보게 되었다. 순간, 뒤통수를 맞은 듯 전쟁통 기억이 떠올랐다. 할머니는 자기도 모르게 중얼거렸다.

'그래! 은혜를 갚을 때가 온 거야.'

전쟁통에 노부부로부터 매일 감자를 하나씩 얻어서 그 어려운 때 살아남았으니 이제 그것을 갚아야 한다는 생각이 든 것이다.

그때부터 할머니는 매일 아침 식사를 거르는 대신 식사비를 저금하기로 결심했다. 독일사람들은 아침식사로 빵과 우유, 소시지 한 조각을 먹으니까 아침을 굶으면 3마르크(약1800원)를 저축할 수 있을 것 같았다. 할머니는 당장 실행에 옮겼다. 아침을 금식기도로 대신하고 매일 아침 3마르크씩 돈을 모은 것이다. 그렇게 1년을 모으니 1천 마르크가 되었다. 할머니는 그 돈을 매년 크리스마스 이브에 바구니에 넣어서 헌금을 한다고 했다.

"할머니! 그러면 20년 넘게 아침식사 대신 기도를 해오신 거예요?"

"그때 우리 가족이 받은 은혜에 비하면 아무것도 아니지. 내 목숨이 붙어 있는 한 기도를 계속할 거야."

모든 이야기를 마친 할머니는 우리에게 성탄 인사를 건네고 성당을 나섰다.

우리 가족은 영화의 한 장면을 바라보듯 할머니의 뒷모습을 바라보았다. 사랑은 또 다른 사랑을 낳는다고 했던가! 할머니의 구부정한 등허리에서는 뜨끈뜨끈한 열기가 피어오르는 것 같았다. 마치 온 세상의 추위를 녹여버리려는 듯.

백경학 ✤ 연세대학교 사학과를 졸업하고 CBS와 한겨레신문, 동아일보에서 기자로 12년 동안 일했다. 1996년부터 3년 동안 독일 뮌헨대학교 정치학과에 객원 연구원으로 수학했다. 2001년 동아일보를 퇴사한 뒤 2005년까지 '마이크로브루어코리아(주)'를 운영했다. 현재 장애인 재활전문병원 푸르메재단의 상임이사로 활동하고 있다.

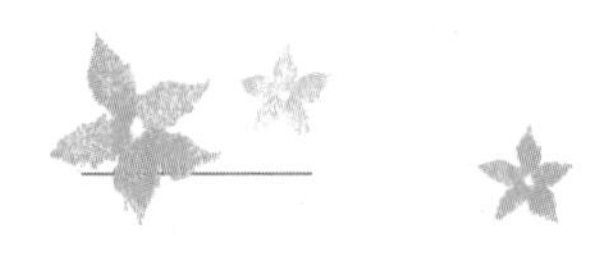

# 참회와 봉사

원택스님

불교에서 '자리이타'라는 말을 참 많이 합니다. 이 말은 쉽게 '자신을 이롭게 하고 남을 이롭게 한다'고 이해하면 될 것도 같지만, 사실 그리 간단하지가 않습니다. 자신을 먼저 이롭게 하고 남을 이롭게 하는 것이냐, 자신을 이롭게 하는 것이 남을 이롭게 하는 것이냐, 아니면 자신은 돌보지 않고 남부터 이롭게 해야 하느냐 하는 등으로 이해가 갈라져 많은 이야기들이 있어 왔습니다.

요즘 세상에 비추어 본다면, 자신을 이롭게 하는 것은

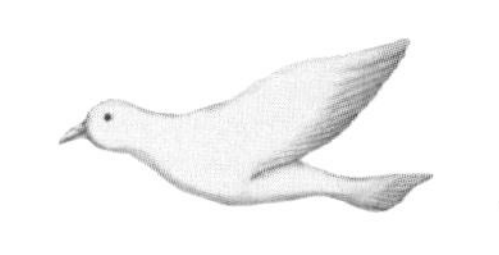

'수행'일 것이고 남을 이롭게 하는 것은 '봉사'라고 할 수 있겠습니다. 불교인들에게 '수행'이 먼저인가, '봉사'가 먼저인가를 고민하게 만드는 말입니다.

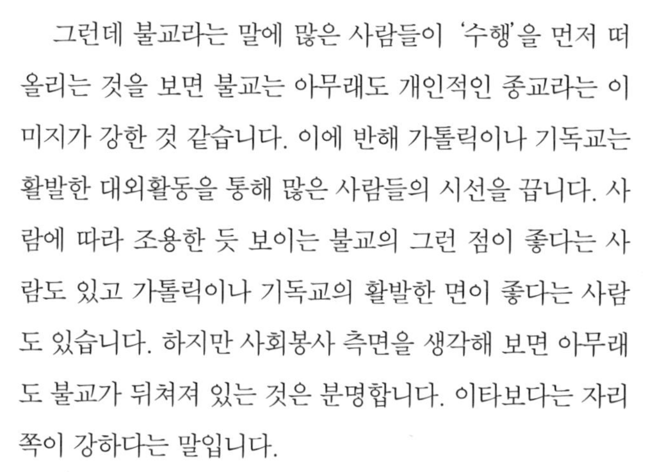

그런데 불교라는 말에 많은 사람들이 '수행'을 먼저 떠올리는 것을 보면 불교는 아무래도 개인적인 종교라는 이미지가 강한 것 같습니다. 이에 반해 가톨릭이나 기독교는 활발한 대외활동을 통해 많은 사람들의 시선을 끕니다. 사람에 따라 조용한 듯 보이는 불교의 그런 점이 좋다는 사람도 있고 가톨릭이나 기독교의 활발한 면이 좋다는 사람도 있습니다. 하지만 사회봉사 측면을 생각해 보면 아무래도 불교가 뒤쳐져 있는 것은 분명합니다. 이타보다는 자리쪽이 강하다는 말입니다.

부끄러운 이야기지만, 저도 스님이 된지 30여 년이 지나도록 장애인에 대한 관심이 상대적으로 부족했습니다. 그러다가 2002년 12월에 〈사랑의 리퀘스트〉라는 모금방송에 출연한 적이 있습니다. 어려운 형편에 있는 분들이나 시설을 찾아 소개하고 모금을 통해 조금이나마 도움을 주고 시청자들의 관심을 갖게 하는 방송인데, 그 방송에서 충주에 있는 '진여원'이라는 곳을 방문하게 되었습니다.

그 곳은 집이라 하기에도 옹색한. 허름한 집이었는데,

부모의 사랑을 받지 못한 채로 버림받은 어린아이들이 주로 살고 있고 지체장애 원생도 있었습니다. 그 좁은 공간에서 24명이 모여 살다보니 여러 가지 어려움이 많은 듯했습니다. 당장 월 200만 원 정도 드는 난방비가 빠듯하다고 했습니다. 아이들의 웃음소리는 밝고 컸지만, 그걸 바라보는 제 마음은 찡해 왔습니다.

그런 제 마음이 전해진 것일까요? 방송이 진행되는 동안 놀라운 일이 일어났습니다. 평소 모금액은 8천만 원 정도였는데 이 날 방송에서는 무려 2억 4천만 원이 모금된 것입니다. 사람들은 프로그램 시작 이후 최대 모금액이라느니, 크리스마스를 앞두고 스님이 방송에 출연하여 종교간의 화합을 이루어낸 성과라느니, 하며 신기해 했고, 저 역시 금액의 많고 적음을 떠나 불자들의 힘이 모아졌다는 사실에 뿌듯함을 느낄 수 있었습니다.

그러다가 문득 이런 생각이 들었습니다.

'그동안 사회에 봉사하는 스님들의 모습을 얼마나 보지 못했으면 이 방송에 이런 열의를 보였을까?'

사람들이 바라는 스님들의 모습은 어쩌면 봉사하는 모습인데, 스스로는 수행하는 모습만이 스님의 전부라고 믿었던 것은 아닐까 하는 생각과 함께 갑자기 부끄러움이 느껴졌습니다.

언젠가 성철스님께서도 이런 법문을 하신 적이 있습니다.

"승려란 부처님 법을 배워 불공 가르쳐주는 사람이고, 절은 불공 가르쳐주는 곳입니다. 불공의 대상은 절 밖에 있습니다. 불공 대상은 부처님이 아닙니다. 일체 중생이 다 불공 대상입니다. 이것이 불공 방향입니다.

절에 사는 우리 승려들이 목탁 치고 부처님 앞에서 신도들 명과 복을 빌어주는 것이 불공이 아니며, 남을 도와주는 것만이 참 불공이라는 것을 깊이 이해하고 이를 실천할 때, 그때 비로소 우리 불교에도 새싹이 돋아날 것입니다.

예수교인들은 참으로 종교인다운 활동을 하고 있습니다. 그런데 불교는, 불교인은 예수교인 못 따라갑니다. 불교의 자비란 자기를 위한 것이 아니고 남에게 베푸는 것인데, 참으로 자비심으로 승려노릇 하는 사람이 얼마나 됩니까. 남 돕는 사람이 얼마나 되느냐가 문제일 것입니다.

'자비'란, 요즘 말로 표현하자면 사회적으로 봉사하는 것입니다. 그럼에도 불구하고 아마도 승려가 봉사정신이 가장 약할 것입니다. 예수교인들은 진실로 봉사활동을 많이 하고 있습니다. 한 가지 예를 들겠습니다.

갈멜 수도원에 관한 기사를 읽은 적이 있습니다. 정월

초하룻날 모여서 제비를 뽑는다고 합니다. 그 속에는 양로원, 고아원, 교도소 등 어려움을 겪는 각계각층이 들어 있습니다. 어느 한 사람이 '양로원' 제비를 뽑으면 1년 365일을 자나깨나 양로원 분들을 위해 기도한다는 것입니다. '고아원'에 해당되면 내내 고아원만을, '교도소'면 교도소 사람만을 위해 기도한다는 것입니다. 그래서 모든 생활이 기도로써만 이루어지는데, 자기를 위해서는 기도 안 합니다. 조금도 안 한다는 것입니다. 이것이 참으로 남을 위한 기도의 근본정신인 것입니다. 이것이 종교인입니다. 그들은 먹고 사는 것은 어떻게 해결하는가. 양계와 과자를 만들어내 팔아서 해결한다고 합니다. 먹고사는 것은 자기들 노력으로 처리하고, 기도는 전부 남을 위해서만 하는 것입니다.

예수교를 본받아서가 아니라, 불교는 '자비'가 근본이므로 남을 돕는 것이 근본인 것입니다. 부처님 말씀처럼 불공이란 남을 돕는 것입니다. 그래서 모든 생활 기준을 남을 돕는 데 두어야 한다는 것입니다."

그리고 봉사를 위한 기본적인 마음가짐을 참회로 강조하셨습니다.

"우리가 부처님 앞에 절을 할 때도 아무 생각 없이 절을 하지 말고, 절하는 것부터가 남을 위해 절해야 된단 말입니다. 그리고 생각이 더 깊은 사람이면 남을 위해 아침으로 기도해야 됩니다. 내게 항상 다니는 신도에게는 의무적으로 절을 시킵니다. 108배 절을 하라는 것입니다. 참으로 남을 도울 수 있는 사람이면 날마다 아침에 108배 기도를 해야 합니다. 나도 새벽으로 꼭 108배를 합니다. 그 목적은 나를 위해 기도하지 않고 다음과 같이 발원하는 것입니다.

'내가 이제 발심하여 예배하옴은 제 스스로 복 얻거나 천상에 남을 구함이 아니요, 모든 중생이 함께 같이 무상보리 얻어지이다' 하고 끝에 가서는, '중생들과 보리도에 회향합니다'고 합니다. 일체 중생을 위해, 남을 위해 참회하고 기도했으니 기도한 공덕이 많은데 이것도 모두 중생에게 가버리라는 것입니다. 그리고도 부족하여, '원합노니 수승하온 이 공덕으로 위없는 진법계에 회향하오며…' 그래도 혹 남은 것, 빠진 것이 있어서 나한테로 올까봐 온갖 것이 무상법계로, 온 법계로 돌아가고 나한테는 하나도 오지 말라는 말입니다. 이것이 인도에서부터 시작하여 중국을 거쳐 신라, 고려에 전해 내려온 참회법입니다. 일체 중생을 위해서, 일체 중생을 대신해서 모든 죄를 참회하고, 일체 중생을 위해 모두 기도했습니다. 이것이 참으로 불교 믿는 사람의 근본자세이며, 사명이며, 본분입니다."

참회와 회향이 불교인들이 봉사하는 데 가져야 할 가장 기본적인 마음가짐입니다. 그런 마음이라면 수행이 곧 봉사가 되고 봉사가 바로 수행이 됩니다. 이런 것이 없이 선

불리 뛰어들기 때문에 간혹 사회적으로 문제를 일으키기도 합니다.

이것이 어디 불교인에게만 해당하는 일이겠습니까? 자신의 종교가 무엇인지를 떠나 봉사하는 일을 하는 사람들이 한번쯤 가슴에 담아두어야 할 말씀일 것입니다.

원택스님 ✤ 경북고와 연세대 정치외교학과를 나왔다. 1971년 어느 날 친구를 따라 찾아갔던 백련암에서 처음으로 성철 큰스님을 만나게 된다. 혹독한 행자생활을 거쳐 계를 받고 성철스님으로부터 원택이라는 법명을 받았다. 성철 큰스님의 상좌가 된 이후 곁에서 20여년, 또 떠나보내고 난 후 10여년, 이렇게 30여년 동안 성철스님을 시봉하며 살고 있다. 현재 조계종 백련불교문화재단 이사장과 푸르메재단 이사를 맡고 있으며 지은 책으로는《성철스님 시봉 이야기》1, 2권이 있다.

# 연약함의 신비를 깨닫게 해준 사람들

옥한흠

사랑의 교회를 세우자마자 출석하기 시작한 젊은 부부가 있다. 그들은 많은 사람들의 시선을 집중시켰다. 경기를 하는 정신지체 아이를 안고 예배를 드렸기 때문이다. 아이는 팔 다리도 부자유스러운 듯 부모가 안아주어야만 자세를 바로 잡을 수 있었다. 젊은 부부는 다른 사람들에게 방해가 될까봐 조심스러워하는 눈치였지만 성경 말씀을 듣고 찬양을 하면서 밝고 행복한 얼굴이 되었다.

남편은 중등부 학생들을 가르치는 주일학교 교사로 봉

사하기 시작하였는데, 어느 날 갑자기 하던 사업을 모두 접고 신학공부를 하겠다고 했다.

"우리 한나를 통해 제가 해야 할 일을 알게 되었습니다."

그는 정신지체 아이들을 가르치는 주일학교를 준비하겠다고 했다. 사람들은 장애아들이 이해하지 못할 거라고 하지만, 그 순수한 아이들이야말로 예수님의 사랑을 깨닫고 더 큰 기쁨을 누리며 살아야 한다는 것이었다. 우리 교회는 장애인 주일학교를 지원할 만한 여력이 없는 상태였지만 의욕적인 젊은이가 비전을 펼쳐나갈 수 있도록 길을 열어주기로 하였다. 그는 91년 우리 교회 전도사로 부임했다.

'사랑부'라 이름붙인 장애인 주일학교는 개설 4개월 전부터 교사를 모집하고 훈련하기 시작하였다. 장애아동의 행동특성이 다양하므로 그들을 이해하려면 교사가 먼저 준비되어야 했기 때문이다. 소중한 생명들을 위하여 기도하는 시간도 가졌다. 누구랄 것도 없이 눈물을 흘리며 교사들의 영혼이 먼저 변화되었다. 사랑부는 예배실도 없었던 터라 교육관 5층에 있던 다른 부서의 공간을 빌려 사용하게 되었다. 그 곳은 복도 끝에 있는 구석진 방이었다.

그러던 어느 날, 놀라운 일이 벌어졌다. 그 어두침침한

복도가 근사하게 바뀐 것이다. 복도 벽 한가득 동물 그림들이 그려져 있었는데, 그것은 노아의 방주에서 온 갖 동물들이 뛰어나오는 광경이었다. 사랑부 교사와 장애학생들 모두가 힘을 합쳐 페인트로 그린 것이었다. 젊은 전도사는 정신지체, 발달장애아동들에게 시청각교육도 할 겸 사랑부의 연합을 위해 거대한 벽화를 그리게 하였다고 했다. 아름다운 그림이 완성되었을 때, 어두컴컴했던 그 곳은 많은 사람들이 찾아와 구경하는 교회의 명소로 바뀌었다.

사랑부 사람들은 일요일뿐만 아니라 주중에도 수시로 모여 교제를 나누었고, 모이면 헤어질 줄 몰랐다. 교사들의 헌신은 일요일 하루에 그치지 않았다. 사랑부 아동들의 행동 특성을 잘 알고 있는 교사들은, 아이들을 돌보느라 지친 부모들을 쉬게 해주려고 수시로 학생들을 집으로 데려가 재웠다. 그리고 이곳저곳으로 데리고 다니며 구경시켜주고 먹을 것도 사주며 놀아주었다. 좋아서 한 일이었지만 일상생활 하나하나에 훈련이 필요한 정신지체, 발달장애학생들에게 그것은 세상을 배우고 익히는 좋은 교육이 되었다. 특수교육에서 말하는 '사회적응훈련'이 되었던 것이다.

교사들의 시간과 정성을 아끼지 않는 사랑은 장애학생들을 변화시켰다. 아이들은 사랑부에 오는 날을 기다리게 되었다. 예배시간 한 시간 전부터 와 기다리는 아이들도 생겼고, 매일 찾아와 사랑부 예배실을 들여다보기도 있었다. 글자를 알아볼 수도, 뜻도 알 수 없는 편지를 열심히 써서 선생님에게 주기도 하였다. 표정 하나 없던 아이가 웃을 듯 말 듯한 미소를 지은 것만도 큰 기쁨이었다.

어느 선생님은 맡은 발달장애 아동이 안정을 찾지 못하고 어수선하게 돌아다니자, 예배드리는 데 방해가 되지 않도록 아이를 업고 놀이터에 갔다. 아이는 한 시간이 넘도록 등에 업혀 칭얼대다가 마침내 잠이 들어 축 늘어졌다. 다행이라고 생각했는데 등허리가 뜨뜻해졌다. 살펴보니 새로 산 실크 원피스가 오줌으로 젖어 있었다는 것이다.

그러면서도 선생님은 아이의 어머니에게 다짐에 다짐을 두었다고 한다. "무슨 일이 있어도 결석은 안돼요. 예배시간 내내 업고 있어도 좋으니까 빠지지 말고 꼭 오세요."

지금이야 발달장애가 무엇인지, 정신지체가 무엇인지 이해하는 사람들이 점점 늘어나고 있지만, 그 때만 해도 "애 교육을 어떻게 시켜서 저 모양이야" 손가락질하는 사람들 사이에서 교사들의 헌신은 부모들에게 진한 감동을 주었다. 아이들이 방안을 홀딱 뒤집어놓아도, 음식을 먹으며 침을 흘려도, 안아주고 냄새나는 얼굴에 뽀뽀를 해주는 동지를 얻은 어머니들은 교사들과 아름다운 교제를 더해 갔다.

그리고 어머니들끼리도 성경공부 모임을 갖고 싶어 했다. 그래서 '학부모 다락방'이 만들어졌다. 다락방에 참석한 어머니들은 우리 교회 평신도 성경 인도자들인 '순장'들과 성경말씀을 통해 삶을 나누는 값진 체험을 하게 되었다.

'왜 나에게 이런 일이?'

'아무도 내 마음을 몰라!'

이리저리 헤매 다니며 가슴속에 쌓아뒀던 딱딱한 응어리들이 터져 나오기 시작했다. 마침내 어머니들은 자녀의 육신적 장애가 자신의 영적 장애를 깨닫게 해주는 도구임을 깨닫고 통곡하기 시작했다. 자신의 유익을 위해 살고 싶었던 너무나 인간적인 생각들이, 까맣게 몰랐는데 영적 장애였다는 걸 눈안개 걷히듯 깨닫게 되었다.

장애를 보는 눈이 달라지자 상처 가득한 어머니들의 마음은 치유되기 시작했고, 얼굴은 봄꽃처럼 활짝 피었다. 어머니들이 받았던 축복은 향기가 되어 멀리 멀리 퍼져나갔다. 주일학교 사랑부는 이름 그대로 사랑이 가득하여 치유와 회복의 열매가 많이 나타나는 곳이 되었다. 소문을 듣고 많은 사람들이 모여들기 시작했다.

장애 아이들이 늘어나자 사랑부에서는 일요일뿐만 아니라 주간에도 여러 가지 프로그램을 운영했으면 좋겠다는 요청이 줄지어 들어왔다. 사랑스런 우리 아이들이 조금만 더 교육을 받을 수 있다면, 조금만 더 집중적인 치료를 받는다면 지금보다 훨씬 더 좋은 모습으로 발전할 거라는 희망의 소원들이었다. 이 소원은 점점 구체적인 형태를 띠기 시작했고, 장애인들에게 전문적인 복지사업을 펼치는 장애인복지관을 세우는 것으로 꿈의 청사진이 만들어졌다.

그 결과 사랑의 교회 사회복지재단이 설립되고, 97년 '사랑의복지관'이 세워졌다. 그 후 사랑의 복지관은 좋은 복지관이라고 소문이 났고, 서초구에서는 우리 교회의 복지관 운영 능력을 신뢰하여 반포종합사회복지관까지 위탁 운영을 의뢰하였다.

교회와 주차장을 사이에 두고 있는 사랑의복지관이 생기고 나서 우리 교회 정경은 달라지게 되었다. 복지관을 다니는 장애인 친구들은 골목길을 지키고 있다가 낯익은 사람들이 나타나면 큰 목소리로 인사를 한다. 보통 사람은 하루에 한 번씩만 인사를 하지만 이 친구들은 열이면 열, 매번 처음 만나는 것처럼 아주 신나게 인사를 한다.

새로 부임해오는 목사님들은 처음엔 이 인사세례에 당황스럽다가도 점점 더 장애인 친구들의 해맑음과 친근함에 마음이 따뜻해진다고 한다. 더구나 오랫동안 익은 내 얼굴이 교회 마당에 나타기라도 할라치면, 넉살좋은 친구들은 춤추듯 달려와 팔이 떨어져라 악수를 해대고 '옥한흠 목사님'이라며 부르며 아는 체를 한다. 그럴 때마다 난처하기도 하지만 어찌나 즐거워지는지.

내 사무실로 올라가는 길에 1층의 가장 좋은 방, 통유리로 볕 잘 드는 친교실을 살짝 들여다본다. 앞치마를 두른 장애인들이 진지하게 차 주문을 받고 있다. 이곳은 우리 교회 사람들이 담소도 나누고 자유롭게 성경공부도 하는 장소였는데, 장애인 직업재활에 효과적이라는 말에 '사랑샘'이라는 카페로 꾸며놓은 곳이다.

사랑샘 카페에서는 모든 게 좀 느리다. 장애인 친구들은 열심히 일하긴 하지만 아무래도 다른 곳보다는 좀 어색한 점이 있다. 말도 느리고, 행동도 느리다. 간혹 주문한 녹차 대신 오렌지주스가 배달되어 나오기도 한다. 그러나 그들의 느림을 보면서 피에르 쌍쏘가 말한 느림의 철학을 공감하게 될 사람들을 생각해 본다. 연약함으로 구원을 이루신 예수님께서 사랑샘 카페에 오셔서 우리들의 조화로운 삶을 보시고 흐뭇해하실 모습도 떠오른다.

그들은 많은 것을 해야 하고 높아져야 하며 빨리 가야 하는 현대인들에게 발상의 전환을 하게 만든다. 무엇보다 순수하지 못한 우리들에게 깊은 삶의 의미를 깨닫게 하는 좋은 선생으로 존재한다. 연약함은 한계와 이기심을 스스로 자각하게 만드는 동력이므로, 연약한 장애인을 우리 가운데 보내신 것은 하나님의 특별한 은혜임에 틀림없다.

개인이나 공동체는 한계를 받아들일 때 점차 자유로운 자리로 나아가게 된다. 가정이나 교회나 사회가 연약한 사람을 보듬는 사랑을 실천할 때 행복한 공동체, 하나가 되는 공동체가 되는 것이다. 우리들이 속해 있는 공동체마다 연약함의 신비를 간직한 사람들을 적극적으로 받아들여 건강한 공동체를 만들었으면 좋겠다.

옥한흠 ✻ 성균관대학교 영문학과와 총신대학교 신학대학원을 나왔다. 웨스트민스터 신학교에서 목회학박사와 명예신학박사를 받았다. 1978년 사랑의교회를 개척한 이후 그동안 선교 단체의 전유물로만 인식되었던 제자훈련을 교회의 현실에 접목시켜 한국 교회에 제자훈련 열풍을 일으킨 불씨를 제공했다. 지은 책으로는 《빈 마음 가득한 행복》《희망은 있습니다》 등이 있다.

# 분홍 솜사탕

서순원

내가 사는 독일의 뮌헨에서는 해마다 9월이면 '옥토버훼스트'라는 맥주 축제가 열린다. 1810년 9월 치러진 바이에른 왕의 결혼식을 기념해 열리는 옥토버훼스트는 전 세계인이 참석한다고 할 만큼 규모가 대단하다. 이 잔치 마당에는 볼거리와 먹을거리도 많아서 놀이기구와 맛 좋은 맥주, 전기구이 통닭과 형형색색의 초콜릿과 사탕과자가 인기가 좋다.

나는 그 중에서도 맑은 가을 하늘에 두둥실 떠 있는 흰 구름 같은 솜사탕을 가장 좋아한다. 그래서 해마다 내

자식들은 옥토버훼스트의 솜사탕을 사오는 것을 잊지 않는다.

아이들이 사온 솜사탕을 보고 있노라면 아주 60여년 전, 어느 봄날 아침이 떠오른다.

실버들 가지가지에 연두빛 고운 움이 트는 화창한 어느 봄날. 이른 아침부터 어머니와 철길 옆에 있는 기와공장에서 일을 하고 있던 나는 내내 가슴이 콩닥콩닥 뛰고 있었다.

울긋불긋 곱게 차려입은 아이들이 자기 아버지와 아재비(삼촌) 혹은 오래비(오빠) 손을 잡고 왜관 초등학교로 입학식을 치르러가는 것이 보였기 때문이다. 당시 내 나이는 8살. 입학이 1년이나 늦어지고 있었지만 가난한 집안 형편을 알기에 선뜻 말도 못 꺼내고 눈치만 보던 참이었다.

마침내 나는 큰마음을 먹고 입을 열었다.

"엄마, 그만 집에 가. 나도 학교에 들어가고 싶고만. 오늘은 입학날인데."

그러자 어머니는 구부렸던 허리를 펴시며 무엇인가 결심하신 듯

"오냐, 가자!"

하시는 것이었다.

말씀이 떨어지기 무섭게 나는 학교를 향해 내달았다.

그러나 입학식은 이미 끝나고 아이들은 가족들과 재잘거리며 교문을 나서고 있었다. 나는 당황했지만 얼른 정신을 차리고 제일 뒤에 나오는 아이를 다그쳐서 교실을 찾아갔다.

교실에는 일본인 여선생이 있었는데, 내 몰골을 보더니 무슨 일이냐고 물었다. 입학을 하러 왔다고 대답하자 선생은 일본어 시험을 보자고 했다. 연필은 어떻게 세고 종이와 비행기, 사람은 어떻게 세는지 일본말로 하는 것이었다. 언니 오빠에게 미리 배워둔 덕에 시험은 어렵지 않았다. 선생은 매우 흡족해 하며 뒤늦게 도착한 어머니에게

"얘는 영리하고 장래가 촉망되는 아이니까 어렵더라도 학교에 계속 보내세요."

라고 말씀하셨다.

나는 뛸 듯한 기분으로 어머니의 손을 잡고 교문을 나섰다. 바로 그 때 솜사탕이 보였다. 길 한복판에서 솜사탕 장수가 꽃구름 같은 분홍 솜사탕과 파랑 솜사탕을 꼬챙이에 둘둘 말아 팔고 있었던 것이다. 계집애들은 분홍 솜사탕을, 머슴애들은 파랑 솜사탕을 너나 없이 들고 있는 모습을 얼마나 넋놓고 바라보았던지 어머니는 내게도 큼직한 분홍 솜사탕을 하나 사주셨다. 나는 너무 좋아서 먹을 생각조차 못하고 다른 사람들에게 내 솜사탕을 보란 듯이

하늘높이 치켜들고 집까지 달음질을 쳤다. 고대하고 고대하던 초등학교에 입학하던 날의 솜사탕. 그 솜사탕은 내가 한국에서 처음이자 마지막으로 먹어본 솜사탕이었다.

솜사탕처럼 부풀었던 어린 시절의 꿈은, 그러나 열다섯 살 되던 해에 산산조각이 나고 말았다. 피난길을 떠났던 어느 날, 갑자기 사지가 뒤틀리고 다리가 움직이지 않은 것이다. 심한 소아마비. 15살 계집아이에게는 너무 가혹한 시련이었다. 믿을 수 없는 현실에 며칠을 울며 몸부림쳤는지 모르고 그냥 죽어버리고도 싶었다. 그러나 차마 삶을 포기할 수는 없었다. 결국 살아야 한다는 일념으로 전쟁통에서 몸을 뒤집는 연습을 했다. 연습하고 또 연습하면서 기도했다.

"걸을 수만 있게 해주십시오. 다시 걷게만 된다면 제 남은 삶은 다른 사람들을 위해 살겠습니다."

기도를 들어주신 걸까? 마침내 3년 만에 목발을 짚고 걷게 되었다.

하느님과의 약속을 지키기 위해 경북 왜관에 있는 나환자촌 '베타니아의 집'을 찾아갔다. 그곳에서 8년 동안 일을 하면서 공동체 생활을 했다.

그러던 어느 날, 프랑스 해외 봉사단이 반가운 제안을

해왔다. 수술을 해주겠다는 것이었다. 그리하여 1965년. 프랑스로 떠났다.

프랑스에 도착한 나는 오트레슈 나환자촌에서 생활하게 되었는데, 그곳에는 운명적인 만남이 기다리고 있었다. 아프리카 선교를 위해 와 있던 독일인 클라우스 콜러씨(65세, 한국이름 서이천)를 만나게 된 것이다. 우리 두 사람은 어느새 사랑에 빠지게 되었다.

하지만 우리의 사랑은 누구에게도 환영 받지 못했다. 환영 받기는커녕 호된 비난을 받게 되었고, 우리는 공동체에서 쫓겨나는 신세가 되었다. 설상가상으로 독일의 시댁에서도 반대가 심해서 독일로 갈 수도 없었다. 때마침 오스트리아 잘츠부르크에 한국인 신부님이 계신다는 소식을 주워들은 우리는 무턱대고 잘츠부르크로 가서 신부님께 매달린 끝에 결혼식을 올렸다.

그 후 남편의 고향인 독일의 바이에른으로 돌아갔지만, 사람들의 시선은 차가웠다. 동양인, 그것도 여성 장애인을 가까이 하려는 사람은 아무도 없었기 때문이다. 심지어 집도 빌려주려 하지 않아 헛간에서 자야 하는 날도 있었다.

하지만 가난과 냉대도 우리 부부를 갈라놓지는 못했다. 아니, 그럴수록 우리는 더 따뜻한 가정을 일구었다. 의사는 아기를 낳을 수 없다고 했지만, 나는 아이를 셋이나 낳았다. 나는 억척스러운 엄마가 되었다. 보자기로 아기를 싸서 입으로 들어 올리고 온 방을 기어다니며 키웠으니까. 다행히 아이들은 건강하게 자랐고, 나는 한국말과 한국 문화를 가르쳤다. 우리 아이들의 한국 문화 사랑은 '쥐트 도이체 차이퉁'이라는 독일 일간지에 한국 민속춤 공연 소식이 실릴 정도로 열렬하다.

그렇게 나는 오랫동안 세상과 단절된 채 한 남자의 아내로, 세 아이의 어머니로만 살았다. 힘들긴 해도 행복한 삶이었다. 그러나 마음 한 구석에 늘 아쉬움이 자리하고 있었다. 어린 시절의 꿈과 하느님과의 약속을 잊을 수 없었던 것이다.

그런 나의 마음을 알아챈 것일까? 하느님은 다시 내게 기회를 주셨고, 49살 되던 해인 1985년 나는 다시 세상 속으로 나왔다. 남편이 유산으로 받은 집을 수리해 한국요리학원을 세운 것이다. 요리학원을 통해서 독일 사람들에게 한국 음식을 알린 것은 물론, 교민들과도 자연스레 어울리게 되었다. 그 결과 뮌헨시 한인회 회장과 한인성당 교우회장을 맡게 되었고, 이때부터 한국 장애인과 북한 주민 돕기 운동에 뛰어들었다. 1998년에는 그동안 한푼 두푼

모은 40만 마르크(약 2억5000만 원)를 경기도 안성에 있는 성당건축기금으로 내놓았다.

초등학교 입학식날 분홍 솜사탕을 먹으면서 꾸던 꿈을 노년에야 조금이나마 이루게 된 것이다. 굳은 몸을 뒤척이며 하느님께 했던 약속을 50년이 지나서 지키게 된 것이다.

이제 남은 소원이라면 최근에 쓴 200여 편의 시를 모아 새로운 시집을 내는 일, 그리고 매년 손수 만든 크리스마스 카드를 팔아 한국의 장애인 관련단체에 기부하는 일이다.

일제 치하에 태어나 전쟁과 장애를 거치며 살아온 70여 년. 어느덧 인생은 내리막이지만 후회는 없다. 그냥 내 앞에 주어진 길을 담담하게 걸어갈 뿐.

서순원 ✤ 경상북도의 한 시골마을에서 태어나 6.25 전쟁을 겪으며 15살의 나이에 소아마비 환자가 됐다. 1965년 프랑스 북부의 오트레슈나환자촌으로 건너가 그곳에서 현재의 남편인 클라우스 콜러를 만나 결혼했다. 1985년 독일 뮌헨에 한국요리학원을 세우고 뮌헨시 한인회 회장과 한인성당 교우회장을 맡으며 한국 장애인 돕기 운동에 참여하기 시작했다. 1995년 자신의 어린시절을 회고한 시집 《세월보다 내 갈 길이 더 바쁘다》를 펴냈다.

# 사는 게 맛있다

초판 1쇄 인쇄 2005년 11월 20일
초판 1쇄 발행 2005년 11월 30일

지은이 김혜자 강원래 박완서 장영희 이지선 강지원 외 17명
엮은이 푸르메재단
펴낸이 김영곤

기획편집 김성환 임자영 예지숙 박여선
영업마케팅 정성진 안경찬 이종률 김진갑 이희영 박진모 유정희
관리 이인규 이도형 한경일 고선미 이연정 박창숙
제작 강근원 이영민 김순옥
디자인 윤종윤
일러스트 아이완(Iwan)

펴낸곳 (주)이끌리오
주소 경기도 파주시 교하읍 문발리 파주출판문화정보산업단지 518-3(413-756)
전화 031-955-2400 팩시밀리 031-955-2422
홈페이지 http://www.eclio.co.kr 이메일 eclio@book21.co.kr
출판등록 2000년 4월 10일 제16-1646호

값 10,000원
ISBN 89-5877-025-2 03800